JN285130

『試練のルノリア』

白骨がたちならんでいるかのようにもみえる、白灰色のぶきみな岩の原の彼方に、
巨大な白い、モニュメントのようなものがたっていた。(217ページ参照)

ハヤカワ文庫JA
〈JA644〉

グイン・サーガ74

試練のルノリア

栗本　薫

早川書房
4610

ROUNORIA IN THE RIGOR

by

Kaoru Kurimoto

2000

カバー／口絵／挿絵

末弥　純

目次

魔道師の書は伝える。

そのかみ、魔道がこの世に出現して以来このかた、その偉大なる力をもって知られる、驚くべき魔道の徒、三人のみありと。そしてその他の魔道師多しといえど、この三人の魔力に匹敵するものなかりしと。

一に三〇〇〇年の長きを生きしという、《大導師》アグリッパ。

二に、ドールに魂を売り黒魔道の祖たりしという、《闇の司祭》グラチウス。

三に清浄にして枯淡なる《北の賢者》ロカンドラス。

その三人のいずれがまことの、地上最大の魔道師なりや、その真の力をはかりうるもの、なきがゆえに、この地上に知るものなし、と。

《魔道の書》ヴァーサム記より

〔中原周辺図〕

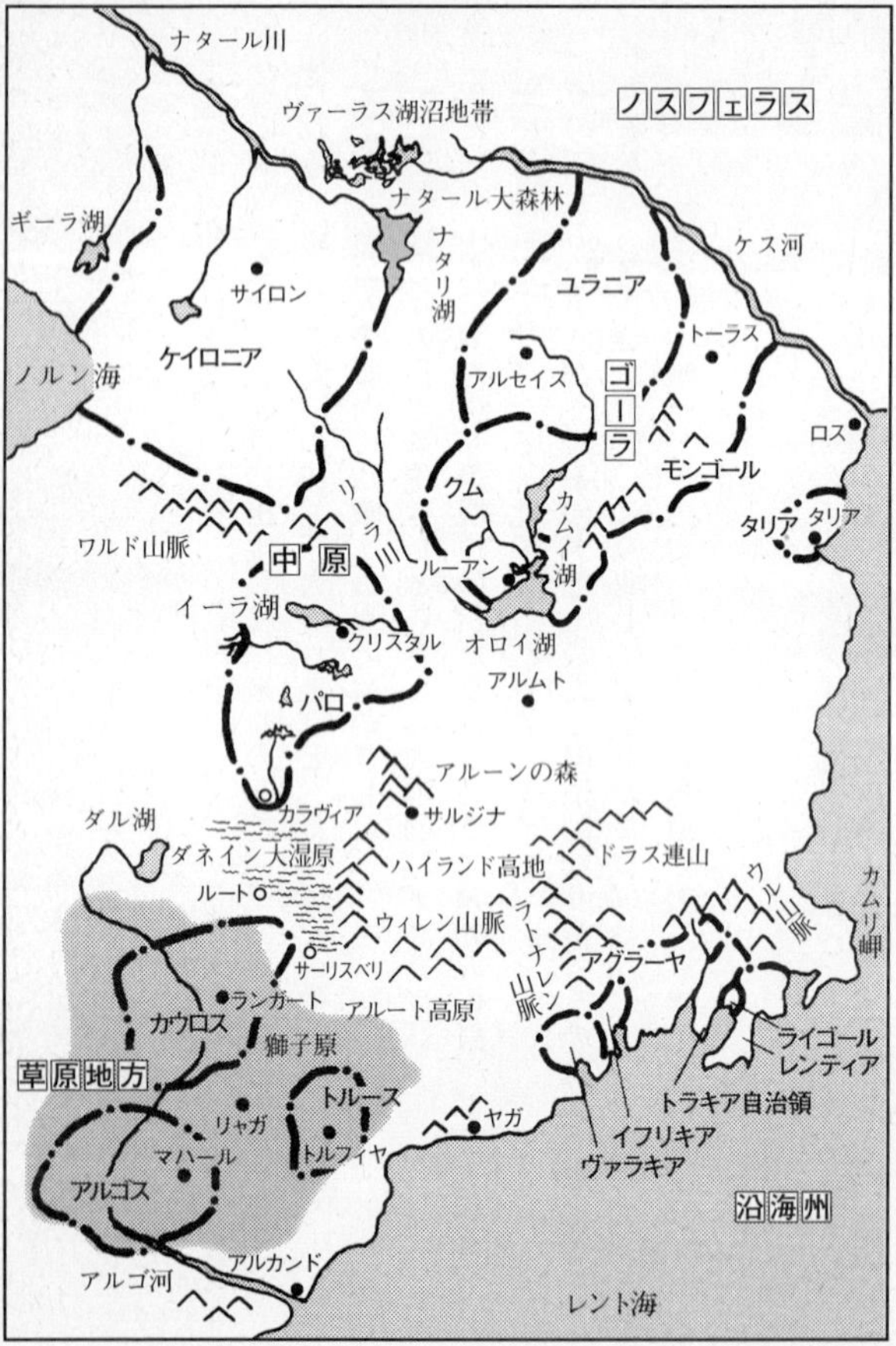
ナタール川
ヴァーラス湖沼地帯
ノスフェラス
ナタール大森林
ギーラ湖
ナタリ湖
ケス河
ユラニア
サイロン
ケイロニア
トーラス
ノルン海
アルセイス
ゴーラ
ロス
モンゴール
クム
カムイ湖
リーラ川
タリア
タリア
ワルド山脈
中原
ルーアン
イーラ湖
クリスタル
オロイ湖
アルムト
パロ
アルーンの森
ダル湖
カラヴィア
サルジナ
ダネイン大湿原
ハイランド高地
ドラス連山
ルート
ウィレン山脈
ラトナレン山脈
ウル山脈
カムリ岬
サーリスベリ
アグラーヤ
ランガート
アルート高原
カウロス
獅子原
ライゴール
レンティア
草原地方
トルース
トラキア自治領
リャガ
ヤガ
イフリキア
マハール
トルフィヤ
ヴァラキア
アルゴス
沿海州
アルカンド
アルゴ河
レント海

〔パロ周辺図〕

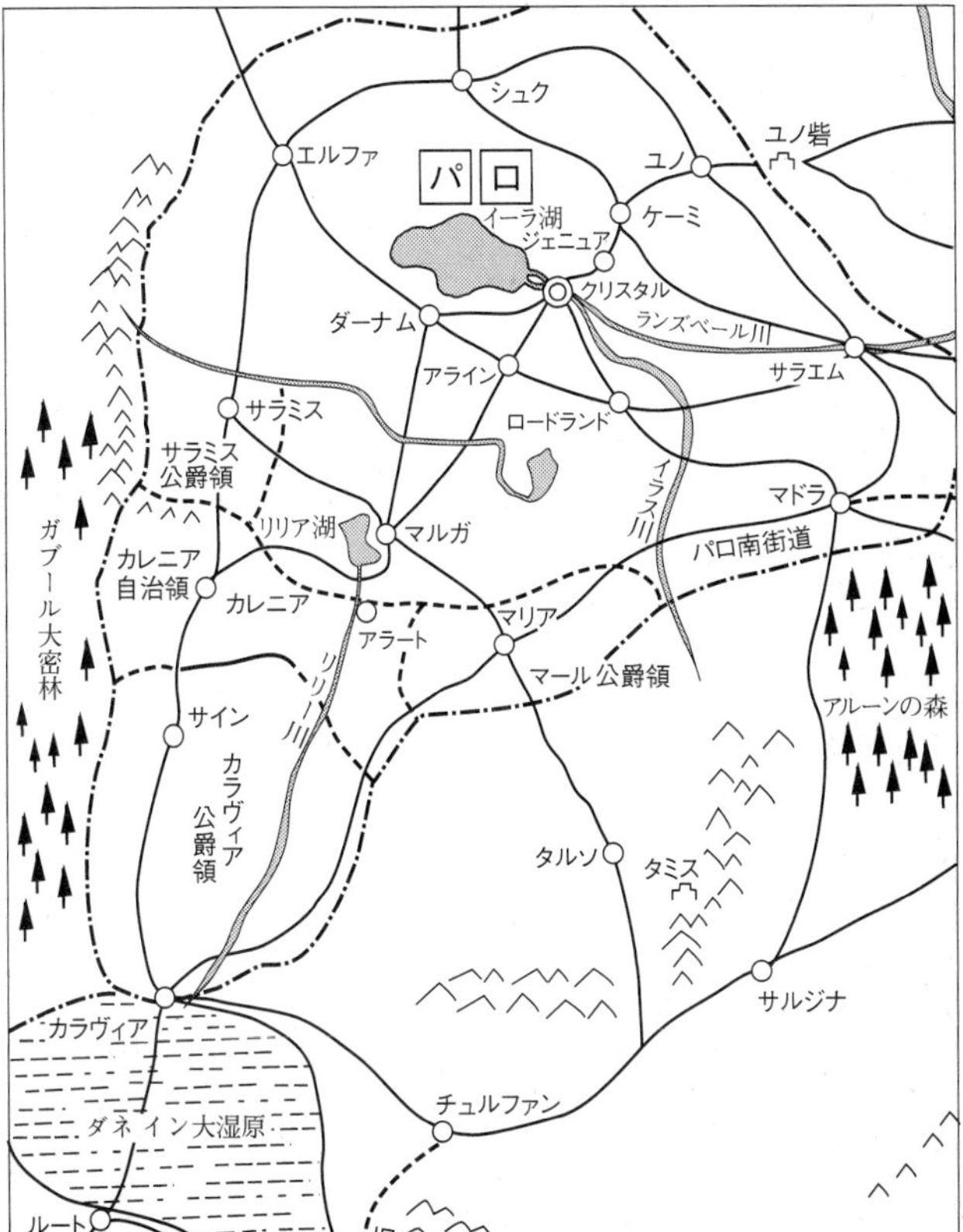

シュク
ユノ砦
エルファ
パロ
ユノ
イーラ湖
ケーミ
ジェニュア
クリスタル
ダーナム
ランズベール川
アライン
サラエム
サラミス
ロードランド
サラミス
公爵領
イラス川
マドラ
ガブール大密林
リリア湖
マルガ
パロ南街道
カレニア
自治領
カレニア
アラート
マリア
リリア川
マール公爵領
アルーンの森
サイン
カラヴィア
公爵領
タルソ
タミス
サルジナ
カラヴィア
チュルファン
ダネイン大湿原
ルート
旧道
ウィレン山脈
サーリスベリ

試練のルノリア

登場人物

アルド・ナリス……………………パロのクリスタル大公
ヴァレリウス………………………パロの宰相。上級魔道師
ヨナ…………………………………王立学問所の教授
ルナン………………………………聖騎士侯
リギア………………………………聖騎士伯。ルナンの娘
ファーン……………………………ベック公爵
バラン………………………………ヤヌス大神殿の司教
デルノス……………………………同大僧正
ラーナ………………………………ナリスの生母
ユリウス……………………………淫魔。グラチウスの手下
グラチウス…………………………黒魔道師。〈闇の司祭〉
イェライシャ………………………白魔道師。〈ドールに追われる男〉

第一話　反逆のジェニュア

1

きのうにかわる、ジェニュアの朝であった。

きのうの朝はランズベール城で迎えた——そのランズベール城はいまやない。魔道師たちの報告は、ランズベール城が炎上し、夜どおし燃え盛っていたが、朝になる前に王室騎士団の活躍によってようやく鎮火したことを告げていた。本丸は炎上してがれきとなったすがたをさらし、ランズベール塔はその地下に何人もの囚人をもまだ隠したまま、やはり炎につつまれ、いまやむざんな黒こげのすがたをさらしている、というのが魔道師の報告であった。

それは、ジェニュアに本拠をうつしたナリス軍のものたちの悲憤と嗔恚をいやが上にもかりたてた。ランズベール塔はネルヴァ塔とならび、なんといっても塔の都クリスタルのランドマークのひとつであったのだ。

そしてまた、城をまくらに討ち死にしたランズベール侯リュイスとその家族への悲嘆を示して、ナリスはジェニュア大神殿の旗の掲揚塔にランズベール侯旗とパロ国旗、そしてクリスタル大公旗を半旗としてかかげさせた。だが、最初のその崇高な犠牲者をいたんでいるいとまも本当は、ジェニュアにたてこもった反逆軍にはありはしなかった。

ジェニュアは、聖王アルド・ナリスを迎え、にわかに動きがあわただしかった。夜のあいだにすでに、かつてなかったほど多くの人々のあわただしい出入りが見られ、そして朝になるとさらにいっそうその人の動きは激しくなった。もともと、ヤヌス大神殿がたばねる、中原でもっとも主流とされているヤヌス十二神教の最大の本拠地として、中原でも有数の宗教の町として小さいながらも名声をあつめるジェニュアである。もともとは、《神の都》として、そのような地上のいくさとは無縁なところだ。中原をおそった数多いいくさのさなかでも、ジェニュアにかぎっては治外法権として安全に守られ、それゆえにパロの歴史のなかでも、いよいよあやうくなったときにジェニュアに逃げ込んで、ヤヌス教の絶大な権力の保護をうけてかろうじていのちを保った、という王の逸話などもいくつもある。

それだけに、厳正に日頃は中立をたもち、特定の軍隊に対する肩入れは禁物とされているジェニュアであったが、いまの場合はまったく事情が異なっていた。ナリスが持込んできた問題は、基本的に、ヤヌス教団そのものの存亡とかかわる重大な問題だったからである。

もしもげんざいのパロ聖王レムス一世がキタイのヤンダル・ゾッグの遠隔よりの支配を受けているのであれば、それは長年パロを支配してきたパロ聖王家そのものの最大の危機である。パロ聖王家はまた、ヤヌス教団の最高の祭司長の家系でもあり、ヤヌス教団の全面的なバックアップによってその政教一致のパロという国家の国体を維持する象徴ともなっている。

だからこそ、パロ聖王の即位のためには、パロ開国の大王であると同時にヤヌスの大司祭であるアルカンドロス大王の霊位による承認、という神がかった手つづきが不可欠とされているのだ。

そのパロの、アルカンドロス大王の霊によって承認された聖王が、このような——異境、ならばまだしも、異世界、異次元でさえあるかもしれぬ真におどろくべき異教徒の怪物からの侵略をうけ、傀儡とされ、憑依されている——などということがもしも現実に、真実にあるものであったとしたら、それは、宗教国家でもあれば魔道国家でもあるこのパロにとって、長い開国以来の歴史のなかでの最大最凶の危機にほかならぬ。聖王はヤヌス大神につかえ、そのみ心をおこない、ヤヌスの祭司としてヤヌスのしろしめす特別の国家であるこのパロをおさめる、ヤヌスの最大の使徒であるからこそ、パロ国民に対して神よりさずけられた王権を持っている、とされているのだ。つまりは、ヤヌス教こそが、パロ聖王家にとっての背景であり、その神聖なる王権の与え主であると考えていい。

その、聖王が異世界の怪物に憑依され、のっとられ、傀儡と化している——

それは、あまりにも容易ならぬ告発であった。

なまじ、アルシス－アル・リース内乱の先例があっただけに、これもまた、陰謀家をもってなるアルド・ナリスのおそるべき謀略であったのではないか、と、ジェニュア内部でも意見はふたとおりにわかれ、このあまりにも看過されえぬ重大すぎる告発に賛否両論が吹き荒れていたのだときいている。だが最終的に、ジェニュアの内部自体でも政権交替がおこなわれ、そしてどちらかといえば親国王派であった老齢のダモン大僧正にかわって、次の大僧正の地位についたのは、ナリス派のデルノス尊師であり、その右腕であるバラン副司教はデルノス大僧正よりもさらに過激な大公派であった。それゆえ、いまのジェニュアは基本的に、全面的にクリスタル大公派——もっとももはや、いまでは、アルド・ナリスのことをジェニュアではクリスタル大公、と呼ぶのをやめ、すでにほぼ全員が「アル・ジェニウス」という最高の尊称をもちいていたのだが——であるといってよい。

だが、そのジェニュアにしてさえも、やはり、アルカンドロス大王の霊の正式の認可によって国王に即位したレムス一世をただちに「ヤヌスの敵」として告発する、ということには非常なためらいと、おそれと、そして不安とがともなうのは当然であった。

「だが、もはや、そのようなことをいっているべき時ではない」

ジェニュアでの一夜があけるのももどかしくただちに召集された、大神殿での最初の重大会議において、バラン司教は、きわめて激しい興奮とともにそう断言したのであった。

「これはもう、われわれジェニュアの神官たちのすべての常識が及ぶ範囲のできごとではございませぬ。——われらのもっとも信頼する何百人もの人々がその目で、信じがたい竜頭の怪物がパロ国王騎士団の紋章をつけたよろいを身にまとってあらわれ、愛国の人々を追い散らし容赦なく虐殺してゆくのを見たのであります。その人々の死体はいまなお赤い街道に——ジェニュア街道に散乱している。そしてまた、もっともヤヌス教団において忌まれ、またヤヌス教団によって認可された公式の唯一の魔道ギルドであるところの白魔道師連盟が最大の禁忌のひとつとしております、《魂返しの術》によって、何人ものたしかに死んだはずの死者たちがよみがえり、それが敵となってナリス陛下の軍隊に敵対してきたのをすべての軍勢が見た。これはもはや、疑う余地はございますまい。――敵は、キタイにあり、そしてキタイ王ヤンダル・ゾッグはこのパロをおそるべき邪教のいけにえにせんと虎視眈々とつけねらい、そしてそのいまわしい力により、われらがパロ聖王としてあがめていたはずのレムス一世はすでにキタイの傀儡と化していたのであります」

そのバラン司教の獅子吼に、異をとなえるものはもはや誰もいなかった。誰もが、あまりにもはっきりと、あまりにも大勢の報告によって、アルカンドロス広場とそしてジェニュア街道とにあらわれた竜頭人身の怪物の話をきいていたのだ。また、ジェニュア騎士団の隊長のなかには、ナリス救援の騎士団をひきいて現場にかけつけ、その目でそのおそるべき竜頭の騎士たちをみたものもいた。

ナリスの到着と同時に、夜を徹して、ジェニュアではあわただしい作業が続けられていた――ジェニュアはもともと、神殿のあるジェニュアの丘を中心としたちいさな宗教の町であり、籠城や、ましてやいくさの本拠地となるにふさわしい準備などは何もできてはおらぬ。また、中原にひろくゆきわたるヤヌス信仰のいしずえ、中心地として、このジェニュアにあえてせめよせたり、おそれを知らぬ手をヤヌス大神殿にかけようなどという不信心者は、このパロにはさすがにいなかったのだ。それゆえ、ジェニュアは戦うための町ではない。

ただ、多少ほかの同じ大きさの町よりも有利であるとしたら、門前町がひろがる、宗教の都であるから、食料の備蓄などは、当然毎日訪れる参拝客、参詣の善男善女を迎えるために、ほかの町よりはずっと多い。ナリスがジェニュアを当面の本拠地として身をよせる、とさだまったとたんに、デルノス大僧正以下のヤヌス大神殿の統治者たちの命令によって、ジェニュアの各神殿、さまざまなギルドや町の豪商たちもいっせいに、当面の全面協力と、そして食料の放出、提供を命じられ、また当面内戦がおさまるまで、ジェニュアへの参詣はひかえるように、とのふれが各地のヤヌス神殿を通じていっせいにパロ全土に出されるよう手配がされた。ナリスはまた大神殿に入ると同時にジェニュア騎士団とおのれのひきいてきた各騎士団に命じてジェニュアに通じるすべての街道を封鎖させ、防衛線を張らせた。たたかうための町ではないと云い条、逆に、丘の上のヤヌス大神殿とその丘の下にひろがる十一の神々の神殿、そしてその周辺を埋めつくす門前町とからできている構成のジェニュアは、かえってごく普通の地方都市よりははるかに守りにやすい部分があるかもしれぬ。

ジェニュア騎士団はジェニュアを警護するための半分僧籍の者をも含めた特殊な騎士団であったが、逆にヤヌスの御加護を信じてきわめて強力なたたかいをするのでも知られている。デルノス以下のヤヌス大神殿の司祭グループの命令によって、全ジェニュア騎士団もまた、すでに《聖王アルド・ナリス》に剣を捧げる決議を出していた。

「これからなさねばならぬことは、これがどのようなたたかいであるか、ということを、その本質をパロの全国民、ひいては中原の全人民に告げ知らせることだと私は思う」

ナリスは、朝一番のその重大会議の席で、激しく断言した。

「私がパロの聖王位を簒奪するかどうか、レムス一世がその聖王位にすでにふさわしからぬキタイの傀儡と化しているものかどうか、そのようなことさえ、本当は第二義的なことと云わざるを得ぬ。——いや、むろん私のことはさておき、レムス一世のことは大きな問題だ。だが、それよりもさらに重大なのは、本当に中原が、パロが、クリスタルがキタイの竜王というかつてないおそるべき異教の敵のねらう標的となっている、そしてわれわれがそれを知らずにいたあいだに、着々とキタイの侵略の手筈はととのっていた、ということの事実のほうだ。——これを、クリスタルはいうに及ばず全パロに、そして全中原に一刻も早く知らしめねばならぬ」

居並ぶ高僧たち、武将たちはいっせいにうなづいた。高僧たちは報告しか受けておらぬにせよ、武将たちはみな、ワリス、ローリウスもルナンもリギアも、リュードもリーズも昨夜の戦いではっきりとその目で竜頭のおそるべき怪物《竜の門》を見てしまっている。

（パロに、侵略の脅威——）その恐怖は誰よりもかれら自身のうちに激しかった。

「私は昨夜のうちにいろいろと方策を考えた。それで、これから私のいうことを諸君はいったん、異論もあろうがともあれひとつの方策としてさいごまできいていただきたい。なかには、それだけはとても心情的に許せぬ、というようなこともあろうかとも思うが、パロの現在をかんがみるならば、どちらが最終的により重大なことであるかはおのずと知れよう。——現に、あの白魔道師連盟でさえ、もっともいみきらうべき黒魔道師の長ともいうべき魔道師グラチウスとのいったんの共闘の条約を締結した。この魔道師ギルドの決断が、ことの重大さのすべてを物語っているとおのおのがたも考えられよ。――私の考えはこうだ。いまとなってはもはや、ことはひとつパロだけの問題にあらず」

人々の頭がいっせいに動く。リーズもルナンもワリスも、昨夜の戦いで手傷をおっており、からだのどこかしらに白い包帯を巻いているのがいたいたしかった。

「というか、パロだけの問題であってはならぬ。――ことは全中原の存亡にかかわる。これは世界全体の危機なのだ。……それゆえ私はすべてのパロ聖王国の面子も誇りも二の次にすべきときだと考えている。私は――このパロの現状、おそるべきこの状態を全世界に、あえて恥をしのんで公開し、知らしめ、そして良識と力ある中原列強の助力を求める、という決断に達した」

「…………」

「そう、もはや、これはパロ一国の事件ではないのだ。――それゆえ、私は、ただちに使者をとばし、ヤヌス十二神教団への信仰をともにするすべての国家、またそうでなくとも中原に位置し、中原の帰趨がその国に影響をあたえるすべての国家に対して、共闘への懇請と協力、援軍の要請の交渉に入ろうと思う」

「すべての、でございますか」

やや困惑したふうにいったのはルナンであった。

「すべての、と申されますと……すべての、というのはやはり文字どおり、すべての、という意味で」

「そのとおり」

ナリスはきっぱりと云い切った。

「私はすべての中原の列強に協力と援軍を要請し、私、聖王アルド・ナリスひきいる神聖パロ王国奪還軍に味方してくれるよう、ともに傀儡王レムス一世を通じてパロを侵略せんとしているキタイ勢力とたたかってくれるよう要請するつもりだ」

「失礼ながら、そのすべての中原列強というのは、どことどこをさしておられますので」

「場合によっては、南方、北方をも含むつもりだが」

ナリスはその意見の登場は当然予期していたので、顔色ひとつかえなかった。

「まず当然ケイロニア、ゴーラ、クム、すでにわれわれに兵をかしてくれるべくこちらに向かっているはずのスカールを擁するアルゴス、草原ではほかにカウロス、トルース、場合によっては鎖国中の古代王国ハイナムへも使者だけはたててみるつもりだ。さらに沿海州――沿海州はさらに微妙だ。知ってのとおりレムス一世の王妃アルミナは沿海州アグラーヤの王女だ。アグラーヤに対しては当然、レムス側からも、沿海州をたばね、われわれ――かれらのいうところの反逆軍にあたってくれとの要請がゆくだろう。もしかしたら、もういっているかもしれぬ。……それゆえ、われわれは、沿海州に対しては非常に慎重に対しなくてはなるまい。が、また一方では私の考えるに、アグラーヤ国王ボルゴ・ヴァレンが、本当にレムス一世の正体を知っての上で愛娘を与えたとは思われぬ。いつから、レムス一世がキタイの傀儡と化しはじめたのか、むろん以前からレムスがカル＝モルなる魔道師の亡霊に憑依されている、という話はあった。そして、カル＝モルとはキタイの魔道師である以上、当然そのころからレムスとキタイの手先との結びつきはあったと見ないわけにはゆかぬが、そのころに何の事情も知らぬアグラーヤにキタイの危険が喧伝されていたとはまったく思われぬし、そうである以上、いまなおアグラーヤはまったくアルミナ姫がどのような状態にあるか、レムス王がどのようなことになっているか知らぬ、という可能性のほうがはるかに大きいだろう。――そうであれば、むしろ逆にアルミナを奪還、救出する、ということを主としてアグラーヤこそ事情を知って沿海州のキタイ侵略との戦いの旗頭となる、という可能性も充分に考えられる。したがって、沿海州も扱いようしだいでは充分、われわれの味方についてくれると考えられる」

「陛下」

うっそりと手をあげたのはルナンであった。

「沿海州についてはナリスさまのお考えのとおりと存じますし、それについては何の異論もございませぬ。が……ひとつ、おうかがいいたしたきは……」

「なんだ、ルナン」

「ケイロニア、そしてゴーラ、とおおせられましたな。ケイロニア、ゴーラ、クム、と」

「ああ」

「ケイロニア、クムについてはそれがしも異論はございませぬが……ゴーラは……ゴーラはいかがなものでございましょうか？」

「……」

ナリスはじっとルナンを見返したまま、何も云わぬ。

だがそのすばやいするどい目はすかさず一座を見回し、人々の反応をはかっていた。そこに居並んでいるのは、デルノス大僧正、バラン司教を筆頭とするジェニュアの高僧たちと、それにルナン、リーズ、リギア、ワリス、ローリウス、リュード、カルロス、といった顔ぶれである。いずれも真剣な顔はしているものの、とりたててナリスとルナンのことばに反応するようすもない。むしろ、すべてをナリスの指揮にしたがおうと一心にそのことばの帰着するさきを待っている、というようにしか見えぬ顔ばかりだ。

「ゴーラはいかがな……とは？　ルナン」

「ゴーラとはすなわち、先日のモンゴールの内乱騒ぎがあり、モンゴール大公アムネリスの夫イシュトヴァーンが僭王となりましたいかさま国家、いまだゴーラ自体もおさまってはおりませぬし、それにモンゴールはわれらパロ国民にとりましては先王御夫妻の仇でもあれば黒竜戦役のおりにパロを占領したいわばキタイにも比すべき憎き敵国、この敵国の力をかりるというのは、このルナン、他の国はともかく、納得が参りませぬ」

老いの一徹である。ルナンは一切のしんしゃくも加えぬ口調で断固として云い切った。

「それがしの親類縁者、部下にしても黒竜戦役で多くモンゴール軍に殺されておりますし、何よりも、ナリスさま御本人が、あの黒竜戦役の折りにはモンゴールにとらわれ、さんざんな苦しみを与えられ、また政略結婚をしいられかけてようやくお逃れになったという過去もございますこと。ナリスさまが、この中原の大危機にさいして宿敵モンゴールに対してさえもその過去の恩讐をこえ、中原のためにともに戦おうと檄をとばされんとするひろきお心はさすが君主の器と、感じ入りはいたしますが、このルナンにとりましては失礼ながらナリスさまを傷つけた相手はわが子を傷つけたにっくき敵にもひとし、どうあれたとえナリスさまがご寛大なるお心でモンゴールをもともに戦う友にとお考えになったといたしましても、このルナンはどうにも得心が参りませぬぞ。パロ国民のなかにも多く黒竜戦役で家族友人を失うた者もおりますること、それらの者どもも、たとえキタイの脅威からパロを救うためとは申せモンゴールの力など借りずとも、いや借りとうもない、と思う者も多うございましょうぞ」

「………」

ナリスは注意深い目でじっとそのルナンの顔を見つめていた。だが、その口辺にかすかな微笑をうかべただけで、べつだん、ルナンのいうことに反対とも賛成ともいわなかった。ヴァレリウスがここにいたらさぞかしいろいろと思うところがあったであろう。さいわいにして、というべきか、ヴァレリウスはもう、この朝からジェニュアに姿をみせていなかった。それについては、あらかじめナリスから、ヴァレリウスはナリスからの密命により、魔道師――それもヴァレリウス程度の魔道師にしかかなわぬきわめて重大な任務のためにジェニュアをはなれた、と説明があったので、誰も気にとめてはいなかったが。

「それについては、ルナンがそのように考えている、ということはちゃんときいたし、そのことは決して忘れぬことにするよ」

ナリスはいくぶん口調をやわらげてゆっくりと云った。

「それに私は——これだけの中原の危機にさいし、決して軽挙妄動することは許されぬと感じているし、またおのれの感情ひとつにしたがって行動することも許されぬと考えている。……つねに何が中原に、パロに、クリスタルにとって正しいか、正義とヤヌスの大神の前に何がもっとも正しく良いことか、それだけを考えて私は判断し、行動するつもりだよ。そのことだけは信じていてくれていい」

「それはもう、もちろんのことでございますが」

「モンゴール、という国家はすでにイシュトヴァーンの先日の反乱により、ついにこの中原から消滅した、と考えていいはずだ。だとしたら逆に、現在のゴーラは、我々パロにとって先代国王御夫妻の仇でもあれば、パロを苦しみに追いこんだ張本人でもあるモンゴールを破り、パロの仇をとってくれた、という見方だってできる。そうは思わぬか？」

「それは……しかしそれは、少々……おことばをかえすようでございますが」

考えこみながらいったのは今度はリギアであった。ルナンとリギアこそは、その立場の近さから、多少のことばをかえすことはできても、ここにいま並んでいる武将たち、高僧たちには、ナリスにことばをかえすだけの器量はおのれにはない、というためらいと遠慮がありがちであった。ジェニュア側は、たとえナリスにであっても、信仰がらみのことならばことばは返せたであろうが。それもまた、ナリスはすかさず目にとめておいた。

「わたくしは、あのイシュトヴァーンという男、信用できませぬ。……たしかにモンゴールに関してはナリスさまのおっしゃることも一理ある、いえ、真実であろうとは存じないわけではございませんが……それとはまったく別に、あのイシュトヴァーンという男そのものが、わたくしはどうも好きませぬ。いえ……女の身で感情的にものをいっている、だから女は、と思われては心外でございます。わたくしとても女ながら聖騎士伯、パロを守る軍神の末席として申上げるのでございますが、あの男は……どうも信用できませぬ。それに、あの紅玉宮の惨劇、そしてこのたびの金蠍宮の事件、どれをとっても、あまりにも残虐、唐突、そして力づく——あれがあの男のやりかたなのだとすれば、このさきゴーラは、かつてのモンゴールをしのぐ血まみれの、力づくの危険な国家となっていってしまうのではないかとわたくしはおそれます。——ゴーラの助力は受けぬほうがのちのちのためではないかと思いますが」

「——それも一理あるね」

ゆっくりとナリスはいった。

「きいて心にとめておくよ。だが、ともかく情勢はいま知ってのとおりだ。現在カレニア軍が主力となってとりあえずジェニュア周辺の守りについてくれており、さらに私側についてくれている聖騎士団、クリスタル騎士団がこちらの軍の主力となっているが、それだけではいかにも少ない。きょうあすじゅうには、いろいろもろもろの残党、志願兵も多少はジェニュアに集まってはくるだろうが、それとてもあまりあてにはできない。レムス側がこののちのいくさの展開についてどう出てくるつもりか、かいもく見当がつかないが、いかにもいま現在の私の軍は手兵も何よりも武将も少ない。リュイスを失ったのは私にとっては非常ないたでだったが――いま、それをいっていてもしかたがない。ともかく、私としては、諸外国を頼ってであれなんであれ、まずは陣容を多少はレムス軍に対抗しうるものに調えないことには、このいのちはまったくいくさにならない――というか、これまでのところはつまるところただの私の謀反だ。本当のいくさになってゆくのはこれからだ――それをパロ内乱にとどめるか、それともまことの、パロをキタイの侵略から救出するための正義のいくさにひろげてゆくか、そのためにも、列強の応援と支持が必要だ。ゴーラをどうするかはまったく別問題として、そのこと自体には何も異存はないと思うが、いかがか」

「それはもう」

ルナンも重々しくうなづいて賛意を表した。

「それ自体についてはそれがしごときが何を申上げる立場でもございますまいし」

「よろしい。ではともかく、私は即刻中原列強及び私の心当たりの国家元首、大きな集団の指導者たちに対する要請書と使者の手筈にかかるよ。きょう私のすることはそれが主になるだろう。きょうじゅうにレムス軍が動きだすとは私は思わない。あちらも私がジェニュアに入ったことでそれなりに陣容を調え直さなくてはならぬという必要に迫られているだろうからね。だが近々にあちらは動き出す。そのときまでにこちらがどこまで、兵力をそろえられるかで勝負は決まるだろう。またいろいろと頼まなくてはならぬこともあると思う。ともあれ、いまは一兵でも多くをわが軍に集まってもらうことだ」

2

「お疲れではございませんか、ナリスさま」

カイは、車椅子を押してナリスを当面聖王の御座所とさだめられた大神殿の奥殿に戻らせると、早速に心配そうにのぞきこんだ。

「朝早くから、お大変でございますね」

「そんなことをいっているひまもないようだな。これからしばらくは、ヴァレリウスもいないし、大変だよ。できるだけのことはお前にも代行してもらわなくてはならない、カイ」

「それはもう、わたくしでできますことなら光栄のかぎりで」

「ヨナの消息については、きのうの夜ロルカから知らせがあった。いったんこちらにむかっているということだったが、その後連絡は——いや、当人がきてくれるのが一番いいんだが……」

「はい。神殿のほうのかたたちにもよくお話して、ヴァラキアのヨナ殿がおみえになったら、何はともあれナリスさまのもとへ、とかたくお願いしてありますので、そちらでとめられて時間がかかるということはございませんでしょう。ただ心配なのは、ヨナどのは、ランどのを探しにゆくといって出られましたので……その後、ランどのとは合流してないわけですから、もし万一あの《竜の門》とのたたかいにまきこまれているとすると……というのが心配で」

「ロルカたちに探しにいってもらってもうまく見付けられなかった」

ナリスは顔をくもらせた。

「こういうことをいうと功利的なやつと思われてしまうかもしれないけれど——ヴァレリウスがいないので、とても不便でね。カイ、お前にはすまないけれど、上級ルーン語だの、うまい伝いまわしの書面だのはお前の手にはおえないし——といって、カリナエの秘書長だの秘書官だのはもうとっくにおいてきてしまった。いまの私にできることといったらもう、列強にはたらきかけるくらいしかないからね」

「もう一度、ヨナどのの行方を一刻も早くつきとめてこちらへお連れしてくれと、ロルカどのにお頼みしておきましょう」

「そうしてくれ。私も……そのう、誰でもいいというわけじゃない。ことに重大な秘密の手紙などというものを書くときにはね。いかに魔道師ギルドがさしむけてくれた魔道師だからといって……」

ナリスはもどかしそうにちょっとことばを切った。そこに、当直の騎士があわただしく入ってきた。

「御報告が参っております」

膝をついて国王への礼をし、口早につげる。

「カレニア義勇軍の本隊一万がひきつづき、あと一ザンにてジェニュアに到着いたします。さきぶれが参りました。これにてローリウス伯爵が公募された義勇軍を含めて、カレニア軍は全員ジェニュア入りとなりました。それから、サラミス公ボースどのひきいるサラミス騎士団はアラインに到着しましたが、昨夜はアラインにとどまり、御命令を待つかまえです」

「ああ」

ナリスはちょっと考えこんだ。

「そうだな……サラミスからだから、サラミス軍は南から入ってきている——大回りしてもらうほかないだろうが、イーラ湖をどうやってわたるかだな。そのままダーナムまわりでぐるりとイーラ湖をまわりこんだらたいへんな日数がかかる。といって……クリスタルを突破してもらうわけにはゆかないし……ああ、いや、すまない。伝令御苦労だった」

「ナリスさま」

まだ、ナリスは起きてあわただしくカラム水を飲んだだけで、朝食もすませていない。だが、もう、誰もかれもがナリスに報告し、その裁断をあおぐことしか考えておらぬかのようであった。カイは心配そうにそのナリスのようすを見やった。

「何か、御軽食を持ってまいりますから、それだけでもおあがりになって下さいませ」

「ああ。カイ、きっとお前は、明日世界がほろびると聞かされたって、私に食事をしなさい、というんだろうね」

「それはもう当然でございます。ナリスさまは、ちゃんとお食事をおあがりにならないと、すぐお疲れになったり、お加減が悪くおなりになるんでございますから」

カイは落ち着いた、おのれの居場所にしっかりと腰をすえた者の微笑をうかべた。そして、いそいそと食事の支度に出ていった。いれかわって入ってきたのはロルカとディランであった。

「御報告を」

「ああ」

「まずはわたくしのほうから。レムスがたのようすを斥候に出しました魔道師たちからの報告がまとまりましたので。まず、マルティニアスの指揮下、昨夜出動しましたすべてのレムス軍兵士は聖王宮へひきあげました。そして、ジェニュア街道ぞいの死体はみな、そののちに王室の歩兵が出て収容いたしました——これはわが軍の死者も怪我人もおなじくで、わが軍につきましてはナリスさまから、収容のご命令がでてただちに現場へ戻ろうとしたときにはもう、王室歩兵隊が収容にかかっていて、現場に近づけなかったということは昨夜遅く御報告申上げましたが」

「ああ」

「ナリスさまが、戦死者の死体がまたしても《魂返しの術》に使われることをたいへん御心配になっておられましたので、それについてはわれわれもかなり警戒しておりましたが、いままでのところ、歩兵隊はそのまま戦死者の遺体を王宮内にもちかえるということはなく、

そのまま市内の病院に怪我人を収容させて手当にあたらせ、遺体はまとめて北クリスタルのベック公別邸の騎士宮にあつめておりますので、その後その遺体をよこしまな魔術に使用しようとしているようすはございません。が、むろんこののちどのようになるかはわかりませんので、われわれのほうでも、おもだった死者の顔ぶれをひかえ、敵味方どちらも、万一にもゾンビー化したものがいてもそうと知れるよう、名簿を作らせております。むろん下のほうまではとても調査できませんが、あるていどでも、この敵の戦法がわかってくれば、もう少し味方のほうも動揺がおちつくかというナリスさまのおことばもございましたし」

「それにたぶん、ゾンビーの兵士を使うのは、それほど割にあう戦法じゃない」

ナリスは不愉快そうにルーンの印を切って云った。

「オヴィディウスや、ヴァレリウスに対してあちらが使ったというリーナスのような、非常に影響力のある人間を使うならともかくね。死人を兵士にしたてて、死なぬ軍隊をけしかける、というのは、黒魔道師なら誰でも一度は考えることなのだろうが、魂返しのような禁忌の大魔道を使う見返りとしては、むしろ労力多くして功の少ないおろかな戦法なのではないかと私は思うよ。だがオヴィディウスのようによく顔も名前も知られたものについてはそうではないだろうが。今回は結局レムスがたにはそれほど知名度のある戦死者はまだ出ていないことだしね。心配なのは……」

ナリスはちょっとルーンの印を切った。

「心配なのは、リュイスだけれど……それはもう考えたところでしかたない。魂よ安かれ、だ」

「………」

ロルカはそれについてはまだ何もわからぬといいたげに首をふった。

「ともあれ聖王宮では、どうやら御前会議などをしているようすもなく、近衛騎士団も騎士宮へひきあげ、破城槌も倉庫へもちかえられました。ランズベール城の鎮火あとのがれきはまだそのまま手つかずになっております。聖王宮の内部でもなんらかの動きは見られますが、まだそれがこちらへの出動、出兵につながるというようすはございません」

「ひきつづき、レムス軍の動きは逐一知らせてくれ」

ナリスは云った。ロルカはうなづいた。

「ずっと、斥候をおいておりますので、その点は御安心下さい」

「私のほうの御報告は魔道師ギルドよりのものでございます」

ディランがかわって云った。

「魔道師ギルド、カロン大導師は、ヴァレリウス魔道師の仲介により、〈闇の司祭〉グラチウスとのいったんの共闘の条約は結びましたが、その詳細については、あまりにも白魔道の規約、魔道十二条と、黒魔道とのあいだにぶつかるところが多いところから、共闘にさいしては、グラチウスの下に白魔道師が入って協力するというかたちは一切とらないこと、また白魔道師がグラチウスの命令をきく、あるいはグラチウスの黒魔道のためにパワーを提供する、といった禁忌にふれる行動はいっさいしない、という通告をグラチウスあてに作りました。これは、おわかりいただきたいのですが、白魔道師はこの禁忌を破りますと魔道師としての存在の根源にかかわり、場合によってはあらかじめもうけられた禁忌の規制が強いものは発狂してしまうようなことになりますので、やむをえぬ自衛とお考えいただきたいとカロン大導師は申しております。また、ヴァレリウスについては、すでにヴァレリウスは魔道師ギルドをかたちの上では、宰相になるさいに離脱しておりますので、それによって、今回の行動はまことは逸脱であり、重大な告発をうけるべからざるものではあるが、あえて魔道師ギルドからの告発はせず看過する、という結論となりました。魔道師ギルドは、ジェニュアにむけて、あらたにナリスさまを警護し、ナリスさまの御身辺を守り結界をはる魔道師団を百名ふやして送り込み、交替制でナリスさまをお守りし魔道の御用と斥候、密偵、間諜、伝令の御用にたつことになっております。が、これが魔道師ギルドが現在お差し出しできる魔道師の全員でございます。これ以上魔道師を派遣いたしますと、もう、魔道師の塔の結界のほうに影響が出るという懸念が出ております」

「ああ。まあ、充分だろう。で、王室魔道士たちについてはどうなの？」

「そちらからはおいおいに派遣されている魔道士で魔道師ギルドのメンバーであるものは引き上げさせる予定です。が、なかには、逆に聖王宮にそうやって魔道師たちを残しておいたほうが斥候や、情報の発信基地としてよい、と主張するものもありますので、全員はひきあげないかと思います」

「そうか……」

ナリスは何か考えこむようだった。それからうなづいた。

「わかった。カロン大導師に、当面の状況はきちんとお伝えしてくれてあるね。よろしい」

「ではあらたな魔道師団が到着しだい、昨夜の結界でかなりいまの魔道師団が疲弊しておりますので交替させ、あらたな結界を張らせるようにいたします。――なお、現在のところ、聖王宮内に、魂返しの術によってゾンビーと化しているものは、リーナスどのを含めておよそ百名ばかりいるのではないか、というのが、魔道師の塔の観察です。が、そのうち著名で影響力のありそうなものは、リーナスどののほかにはいないとみています。――また、聖王宮内部はますますのぞきにくくなりつつあります。おそらくは、キタイ側がぐっと結界を強化したもようです。――昨夜も聖王宮、いやクリスタル・パレス全体をつよい瘴気がおおっておりましたが、その瘴気がかなりつよまってきたようです」

（あそこには……リンダと、そしてアドリアンや……私に味方してくれるものたちもまだとじこめられている）

ナリスはそっとつぶやいた。そしてディランたちが下がってゆくのにうなづきかけた。

カイが食事の支度を持って入ってこようとした――だが、それに声をかけるいとまもなかった。

「お話しておかねばと存じまして」

入ってきたのは、バラン司教と、若手のコーガン副司教であった。

「おいそがしいところ、失礼いたします。大僧正猊下もかなり案じておられますのでひとつだけ、ナリス陛下のお心のうちをうかがっておきたく」

「何でしょう、バラン司教」

「ほかでもございませんが、先刻の会議の席上におきまして、ナリス陛下が、中原列強及び、中原の情勢に影響をあたえる大きな集団の指導者に援軍と共闘を要請なさるおつもりである、とおおせになりましたが。その件につきまして」

「ええ。そのつもりですが、それが何か」

「われわれヤヌス教団は、もとより中原全土にひろく勢力をはり、その末社のほうはさらにそれぞれに土俗的な信仰とも結びついて、実にさまざまな形態をも持つようにもなっております」

バラン司教はもごもごと云った。

「ですから、かなり……そのう、宗教団体といたしましては、融通のきくほうであるつもりではおりますし——何よりもまずわれわれは、パロ聖王家によって庇護されている、パロの国教です。ですからパロの国体を守ることはわれわれにとりましてもきわめて大きなことで……が、〈闇の司祭〉グラチウスとの共闘につきまして、白魔道師連盟及びパロ魔道師ギルドがたいへん難色を示しておりましたことでもおわかりのとおり——また、ルナン侯閣下がかつてのモンゴールとの共闘についてよいお顔をおみせにならなかったように——我々にも、その、都合とか立場とか申すものはございませまして……いえ、もう、異教徒ですとか、異端者ですとか、そのようなこまごまとしたことを、キタイの竜王の侵略というほどのおそるべき事態の前に、申しておるわけではございませぬ」

「……」

「ですが、我々ヤヌス教団にもいろいろな事情がございまして……かつては教団内部にもいろいろな対立がございましたが、現在はナリス陛下のお力をもちまして、デルノス猊下のもとに心をほぼひとつにしてはおりますが……なかでいま、多少問題となっておりますのは、そのう……ミロク教についてなのでございますが……」

「ああ」

としか、ナリスは云わなかった。

「ナリスさまは、『中原に大きな影響を与える大きな団体の指導者』とおおせになりましたが、それは……誰を、どの団体をさしてお考えのことだったのでございましょうか――？われわれヤヌス教団がおそれておりますのは……まずミロク教団に対してもナリスさまが手を結ぶ、という要請をなさるおつもりなのであろうかということと……そして、グラチウスが介在してきたということは、われわれにとっても魔道師ギルドにとっても何よりもいまわしい敵とこれまでのところ思われてきたドール教団についてはいかがお考えであろうかということと……そして、さいごに、望星教団……いうところの、キタイの暗殺教団でございますが……」

「……」

また、ナリスはかるく唇をひきむすんで黙っていた。

バラン司教はいくぶん困ったように身をのりだした。

「ミロク教団は……戦いというものをすべていみきらい、禁忌とするよう、かたくいましめられた集団でございますので……この点では、たとえナリスさまがミロク教団をお味方にひきつけようとお考えになったとしても、あまり、兵力としてのお力にはならぬかと存じます。またドール教団につきましては、逆にあまりにも歴然たる、私利私欲のためのおそるべき黒魔道の暗黒教団でもあれば、またその実態は深い闇のなかにとざされていること、また教団の創始者とされるグラチウス自身がすでに教団をはなれて長く、ドール教団自体もまことに存在するかどうかもあやぶまれる伝説の暗黒魔教集団となっておりますから、これについてもさほど案じてはおりませぬ……われわれがもっとも案じておりますのは……なんと申しましても、教主ヤン・ゲラールひきいる、望星教団でございまして……」

「……」

「キタイを中心とし、全世界にまでその暗殺のいまわしい手をのばすおそるべき悪徳の集団でありながら……宗教団体としてのきわめてつよい力ももち、しかも戦う宗教団体として世界にも類のない異例の存在でございますし、その実態も謎につつまれておれば、かなりの勢力をも張っているということ……ナリスさまのお考えのなかに、どのような宗教団体にはたらきかけるお考えがおありであったのか、それにつきましては、我々ヤヌス教団の中核といたしましては、ナリスさまをヤヌス教団が全面的に擁立するまことのパロ聖王としていただくことになりました以上、どうあれはっきりさせておきませんことには……」

「司教、私は――」

ナリスがかんしゃくをこらえていいかけたときだった。

「ナリスさま、ヴァラキアのヨナどのがようやく御到着になりました」

外に出ていっていたカイがかけこんできて告げた。きくなり、ナリスの顔色がいちどきに明るくなった。

「おお、ヨナは無事だったのだな。すぐに通ってもらって。――司教、副司教、御心配なさることはありません。私がさきほどあのように申上げたのは、何も強引にこの中原のすべての大きな勢力を統合してしまおうという気持ではない。ただ、極力多くの人々に、現在の中原の苦境を知ってもらい、中原を救うために力を貸してもらいたいという気持なのですから。もちろん、ヤヌス教団にはこれほど全面的に依存していること、その教団の教義にふれるようなおそれのあることを独断専行したりは決していたしませんよ。デルノス猊下にもそのようにお伝え下さい。そして今夜にでも、時間がとれるようになりしだい、私のほうからお話するつもりでいると。――ともあれ、ドール教団の力をかりるところまでおちぶれてしまったら、それこそもう、たとえそのキタイとのたたかいに勝ったところで中原がドールのものになってしまった、などという、そういうことにならないともいえませんからね」

バラン司教たちはまだなんとなく、ぐずぐずいいたそうであったが、ヴァラキアのヨナが入ってきたので、しょうことなく頭をさげて出ていった。だが、ゆきがけに、高僧たちの目が、じろりとヨナの胸からさげたミロク教徒のミロク十字にむけられた。その顔をみれば、かれらのいいたいことはあきらかであった――ミロク教徒をこのように重用しているからには、ナリス陛下のヤヌス大神への絶対の忠誠もなかなかあてにはできぬものがあるではないか、とその見交わした目は充分に語り合っていたのである。

ナリスは、司教たちが出てゆくのをまち、カイに人払いを確かめさせた。それからヨナに近くにくるようにいうと、疲れきったように椅子のなかでぐったりと背もたれにもたれかかった。

「おお、ヨナ――無事だったんだね。心配したよ……とても、とても心配したよ！　私からもう、ずっとはなれずにいてくれと頼んだのに……」

「申し訳ございません。ナリスさま」

ヨナは少しもかわったところひとつあるように見えぬ。

「ランの身の上が非常に心配でしたので……ついついようすを見に戻ってしまいました。ナリスさまに御心配をおかけして……それにそののち、ジェニュアに戻るのに少々時間がかかってしまいましたので、ナリスさまの御用にたちませず、申し訳ございませんでした」

「ランは大丈夫？」

「ランは、ジェニュア街道のたたかいで少々傷をおいましたが、元気です。が、アムブラの市民軍はだいぶやられました。いま、ランが残ったもので使いものになりそうなものだけを再編成して、ジェニュアに入り、パロ国民義勇軍としてあらたに組織し、ひとつアムブラだけではなく、クリスタル全市、いやパロ全土の義勇軍をつのってナリスさまの一部隊とするのだとその準備をいたしております」

「そう」

ナリスは、なんとなく、ヴァレリウスやカイほど近いところにいる者でなければこの気位の高い反逆大公がひとにそのような顔をみせるだろうとは想像もつかないであろう、いくぶん甘えるような目でヨナを見上げた。ヨナはかすかに目もとで笑っただけで、何もそれにこたえるようなようすは見せなかったが。

「いまのをちょっときいていただろう」

ナリスは、おさえかねたようにうっぷんをもらした。

「だから、坊さんだの官僚だの……組織のなかで、それもきわめてふるくからの組織のなかでばかりものごとをやっている連中はまどろこしくて駄目だ。——魔道師ギルドも含めてだよ。大体、中原が危機だ、クリスタルが危ない、いままさにパロに火がつこうとしている、とこれほど私が叫んでいるのに——これほど危機が目のまえに迫っているというのに、まだ連中はうだうだぐだぐだ会議ばかりしている。会議で何かが決まるように思っている……なんて実際的でない連中だろう。そうして、いうことといえば縄張り争いに異端者の詮議だよ！——ヨナ、ジェニュアも、それほど長いことはとどまっておられないね。長くいればいるほど、いずれはこんどは、いまは味方として有効に働いてくれているヤヌス教団のさまざまな制約そのものが敵になってくる。魔道師ギルドもそうだ……そう、それにヤヌス教団と魔道師ギルドだって、だんだん話がすすめばきっと齟齬を生じてくる。やれやれだな！——

こういうときはグラチウスじゃないが、闇の力をふるってそれこそ私のいうことだけを何も文句をいわずにきいてくれる、忠実なゾンビーの軍勢がほしくなってしまうよ！」

「……」

ヨナはまたかすかに口元をゆるめただけで何もいわなかったが、ナリスはカイが入ってきたのをみて、めったにせぬその愚痴をやめた。

「ナリスさま、どんどん遅れてしまいますから……ヨナどのなら、お気にかけられますまいから、どうぞ、お食事をなさって下さいませ」

「わかったよ、わかったよ、忠実なカイ！　そこにおいておいてくれ。話しながら食べるから」

「絶対でございますよ。ヨナどの、ナリスさまがちゃんとお食事をなさるかどうか、見張っていらして下さいませ」

「はい」

「でもそんなひまはないんだよ。早速手紙をいくつも書いてもらわなくてはならない」

ナリスは意地悪そうにいった。

「あっちにもこっちにもね。それこそ四方八方、世界じゅうに。カイ、すぐ呼ぶからちょっとはずして」

「はい」

カイが出てゆく。それをナリスは見送って、それから声をひくめた。

「ヨナ、私のそばに、もっと」

「このようでございますか」

「それでいい。——さっきのバラン司教の話、全部はきこえなかっただろうが——バラン司教は、私に、ミロク教団やドール教団、望星教団とまで結ぶつもりではないのだろうな、とヤヌス教団を代表してさぐりを入れにきたんだよ。いかな中原の危機でも、異教徒と手を結ぶことはできない、と通告するためにね——！　まったく、なんて呑気なんだろう。中原が死に瀕しているかもしれないというときに——！」

3

「はあ……」

　ヨナは相変わらず、口数が極端に少ない。

「ヨナ、お前はミロク教徒だし、私はミロク教団の教義についてもお前からずいぶんといろいろ話をきいた。だから、たとえバラン司教にそうしろと頼まれたところで、不戦を信条とするミロク教団にともに戦ってくれなどという手紙を書いて紙とインクを無駄にするようなおろかしい手間はかけないよ。それはドール教団についても同じことだ。ドール教団と共闘するとしたら、それはグラチウスの傘下に入るよりももっとおろかに、闇に身を売り渡してしまうことになるだろう。だが望星教団は——望星教団についてはどう思う、ヨナ」

「さようでございますね……」

「私は、ここにきておどろくべき発見をしたよ」

　ナリスは気楽そうにいった。そして手をのばして、ようやくカイの用意したささやかな食事を手にとった。それは極上のやわらかなパンに、ナリスでも食べられるようごくごくやわらかいひいた肉のあえものを詰めたものであったが、ナリスはそれを口のところまで持ってゆくと、うんざりしたように下においた。

「肉のにおいが鼻についてやりきれない」

ナリスは眉をひそめた。

「じっさい、私はミロク教徒になったほうがよかったんじゃないだろうかと思うときがあるよ。肉なんか一生食べなくたってなんともない。いや、できれば口にいれるのもイヤだ。……まあそんなことはどうでもいい。私がしたおどろくべき発見とはね、ヨナ、私には、とめどもないくりごとの相手がどうしても必要だ、ということだよ！——これはまことにおどろくべき発見だった。私はずっと、自分は非常にひとに頼らない人間だと思っていたんだよ。たぐいまれなくらい、ひとをあてにしない人間だとね。だが、ヴァレリウスがこのところ私のもとからはなれていると……きのう顔をみせて、またただちに別の任務でそばをはなれてしまって、一番困ったことは……何も、ヴァレリウスの魔道がないとか、ヴァレリウスのこまやかな面倒見がないとか、そういう問題じゃないということがはじめてわかった。私は、ひとと話しながらでないと……ひとに話して返事をききながらでないと、考えをまとめることができないんだね！　これは発見だったよ……もっとも昔からヴァレリウスがそばにいたわけじゃないんだから、これはヴァレリウスがいけないんだ。ヴァレリウスがつけた習慣だ……ヴァレリウスが私を駄目にしてしまったんだ。甘やかし放題に甘やかして」

「………」

ヨナはかすかに口元をゆるめて笑った。

「そんなことも、ございませんでしょう」

「いや、そうなんだよ、ヨナ。……だもので、ヴァレリウスがいないとなると私は……まるでばかになってしまったように、一人では何も決められない——いや、むろん、決めはするし、できるよ。でもそうではなくて……なんといったらいいのか、口に出して考えを確認できないので不便でしかたがないんだ。誰でも人間さえいればそれに話し掛けて事足りる、というわけではないしね、困ったことに。私が知能というものを持っていると認めた相手でなくては……カイでも、駄目だ。あれはいい子だけれども、そうして私の考えていることをいちいちきいたらひとつひとつに腰をぬかしてしまって、ものごとが一切はかどらなくなってしまう」

「……」

またヨナはかすかに笑った。

「たぶん私が求めているのは返事じゃあないんだ。私が求めているのは、私が口にだして話していることで自分の考えをまとめる、というこの手順なんだね。そう、だから望星教団のことだ……望星教団のことなんか、私はちっとも考えちゃいなかったよ。バラン司教がいうまではね。そもそもキタイまで使者なんか出しているあいだに、こちらの情勢がどうなるか知れたものじゃないし……だが、さっきバラン司教が望星教団というのをきいて、おお、では、その手もあったではないかと思ったよ。有難いことだ」

「……」

「そう、望星教団がいま、キタイで、ヤンダル・ゾッグとどのような関係にあるかは、これはぜひにも知っておく必要がある。……これは、まあそのうち魔道師ギルドの誰かをうまく使って調べさせなくてはならないが……アルノーが死んでしまったのは私にはとてもいたでだったな。あれにかわるような重宝な魔道師をみつけるにはどうしたらいいんだろう」

「………」

「ある意味、お前はヴァレリウスよりも私にとってはありがたいね。何もいわないから……ヴァレリウスはすぐ怒るんだものね。なんだってじっさい、ああよく怒るんだろう」

「………」

「そう、それともうひとつ……これも参ったのが、ゴーラのイシュトヴァーンのことだね。けさがたの朝一番の会議で、ルナンにもリギアにもけんつくをくらわされたんだが。もとモンゴールであった国と結び、その力をかりるなどとんでもない、といって。——どうしたものかな」

「さようでございますね……」

ヨナはむろん、ヴァレリウスについでナリスの信頼する参謀といってもよい立場にある。ナリスとイシュトヴァーンの密約についても、すべてではないまでも知っていた。ヨナはかすかに眉をよせた。

「もし、私の意見をお求めでございましたら……」

「意見を求めている、というのかどうか、わからないんだけれどね」

ナリスは苦笑した。

「ヨナの意見はいつでも私にはとても参考になる。だが、イシュトヴァーンについては――もう、意見をきいたところで参考にはならないだろう。私はどちらにしてももう選んでしまったんだ。それをどれほどかるはずみだといわれようと……あのときの私にはそうするしかなかったのだし、もしそうでなかったとしたら私はいまこうしてここで反乱軍をひきいてはいない。おこったことを、なぜそうしたのだろうなどとくやむおろかな習性など持ったことは一回もない。……ヴァレリウスは確かにひどく怒ってなんとかして止めようとしたよ。私がイシュトヴァーンと結ぶことをね。でも私はきかなかった。ヴァレリウスはそれこそイシュトヴァーンを殺そうとまでするほどに、イシュトヴァーンに対しても私に対しても怒ったけれども――」

「どうしてです？」

しずかにヨナがいった。ナリスはゆっくりとヨナに目をむけた。

「ん？」

「どうして、イシュトヴァーン将軍――いや、いまはもうイシュトヴァーン王にそのように執着なさったのです？　あまり、そのような執着は、ナリスさまらしくないのではないかと存じますが……」

「私らしい、私らしいなどということを君だけはいわないと思っていたのだがな」

ナリスはかすかに苦笑した。

「私らしさなんて、何なんだ？　ひとびとが勝手に決めた私らしさ、クリスタル大公らしさ、アルド・ナリスらしさ――そんなものにかまっているにはもう私の人生は残りが少なすぎる。せめてさいごくらいはおのれの意志をまっとうし貫いて終わりたい、そう思ったから、私はイシュトヴァーンと結んだのだよ。たしかにイシュトヴァーンにひかれた――あの強烈な若い情熱と破天荒な野望にはひかれはした。だけれども、それだって、そもそも私自身がそうしてもいいと思う気持がなかったら、わざわざ、やってきた彼とひそかに対面してやったりはしなかっただろうからね。もとより彼は私のもとからいったん逃げ去った小鳥だったし」

「黒竜戦役の前後にナリスさまがイシュトヴァーンと知合っておられたという話は、ヴァレリウスさまからうかがっておりましたが……ナリスさまからもたしか一度」

ヨナは考えに沈みながらいった。

「ナリスさまは……どうお考えになっておられます？　こののち、ゴーラとケイロニアと――クムのことについては」

「そうだねえ……」

「これから書きとらせていただく書状をうかがえばおそらく、わかることではあろうと存じますが……クムはおそらく新ゴーラに対してはよい感情は持っておりますまいと存じますが」

「それはわからない。とりあえず、ユラニアで現在のクム大公タリクが兄のタルーに殺されかけたとき、救ってかくまってクムに逃亡させてやったのはイシュトヴァーンだったという情報があるよ。タリク当人はイシュトヴァーンに恩義を感じているはずだ。モンゴールに対してはもともとクムの対応はとても冷たかった。ただ、むろん、古くからの伝統ある大公国としては、成上がりというもおろかなイシュトヴァーン・ゴーラに、ゴーラ三大公国の伝統を破って従わせられることになるのは非常に面白くはないだろうね」

「……………」

「アムネリスがクムに助けを求めるだろうとは私は予想しているが、しかし、それをクムがうけるかどうかはこれはいかに私の予想でもなんともいえないな。また、アムネリス個人がいまどのような状況にあるかも……アムネリス自身はすでにイシュトヴァーンの王妃であるわけだし、ゴーラの王妃として生きのびるほうが、モンゴール大公として、国を失ったいたでよりも幸せだと思う可能性もないわけじゃない」

「それは、そうですが……」

「ケイロニアについては……ケイロニアがゴーラをどう思うかはそれは知れているね。ケイロニアこそパロについで、こうした侵略や下剋上にはきびしい国だからね。ケイロニアは当然、ゴーラ三大公国を実質上滅ぼしたということでイシュトヴァーン・ゴーラにはよい感情はもたない。よほどのことがなければケイロニアはゴーラとは組まないだろうな。それにそもそも、外国の内政に一切干渉しない、というのが、アキレウス大帝の断固たる方針だ」

「ということは……イシュトヴァーンのゴーラと結ぶことは、クムに対しても、モンゴールに対しても、またケイロニアに対してもまずい、ということでございますね」

「まあ、いってしまえばね」

ナリスはうすく笑った。その蒼ざめた顔にかすかに、かつてのあでやかな陰謀家のあやしい微笑の名残が漂った。

「だが、私はね……私はもう、密約を結んでしまったんだよ。困ったね——私がもうすでにイシュトヴァーンと密約をとりかわしているのだということがおおやけになれば、諸列強は私と結んでくれなくなると思う？ たとえキタイの脅威を相当につよく感じていても？」

「ケイロニアについては、その危険はおおいにあると存じます。クムについては、これは判断の材料が少なすぎます。沿海州や草原についても答えをお求めでございますか？」

「いや。……草原については、すでにスカールと話をして……スカールは、もうイシュトヴァーンのことを知っている。事実、最初は、イシュトヴァーンと結んだということで私とはすべての縁を切ろうとしたよ。だが、結局、切らなかった。むろん不承不承ではあるし、それに私への友情だけからのことではあるけれど、妻の仇とねらうイシュトヴァーンとの確執があってさえなお、スカールは結局私への助力を承知してくれた——私の力だとは思わないよ。その分、中原が危機に瀕しているということだろう」

「すべての答えは、イシュトヴァーン・ゴーラと結ぶことはナリスさまにとってただひたすら不利、という結果を示している、ということではございませんか？」

「身もフタもなくいうね。まさにそのとおりだよ。だがもう結んでしまった。ひそかにかわした密約をいまから解除させてくれ、といったらそれこそ私は全世界に信用を失ってしまうだろうな。もし怒ったイシュトヴァーンが、このなりゆきをすべて公表でもしようものならね」

「どう、なさりたいので？　それでもうまくなんとか手だてをみつけてイシュトヴァーンとは共闘してゆかれたいと？」

「彼の魔術は、彼が私とともにいて私を見つめていてこそのものだという気はするよ」

かすかにナリスはほほえんだ。

「少なくともいまの私は彼の魔術にかかってるわけではないね。だが密約をかわしたときだって、全面的に彼の魅力のせいだけでたぶらかされてそうなったわけじゃない。あのときとは状況が違う。あのときには私はまだまったく反乱をおこそうという気持さえ持ってはいなかったし、彼と話したから反乱を決意することになった。だがそのあとでキタイという別の因子がこれだけ表面化してきた。いまとなっては私のたたかいはただのパロの内乱じゃない、中原を守る正義の戦いに変化をとげてしまっている」

「そのためには、パロの内乱のときには必要だとお考えになったイシュトヴァーンのゴーラはむしろ必要ない、というよりも、ゴーラとむすぶことで失う列強の支持のほうが重要だ、とお考えになる、と……」

「まあ、そういってもいいかな」

ナリスは苦笑いした。

「ヴァレリウスだと、こういうことを私がいうと、陰謀家だ、といって非難するんだよ。私にしてみれば、どうしてわからないのだろうと不思議なのだが。……だって状況がかわれば、判断だって変化せざるを得なくなる、そうだろう？」

「それはそのとおりですね。ただ、問題はナリスさまがでは、どうなさりたいのか、ということだけだと思うのですが」

「それはあるていど決まっているけれどね。ただ方策がたたない」

「どのような。イシュトヴァーン王と手を切ることですか」

「というよりも……」

ナリスは首をかしげた。

「いまヴァレリウスが何をしにいっているかは、君にはいっておかなくてはならない、ヨナ。彼はね……大導師アグリッパを求めてグラチウスとともに旅立っている」

「……」

「グラチウスは、アグリッパがイシュトヴァーンにちょっかいを出し、ゴーラにまつわるさまざまな運命を、いわばヤーンの代理をつとめたのではないか、と考えている。そしてまた、そのアグリッパがキタイと結んでいるのではないか、とね。もしもこれがすべて本当で、アグリッパがキタイと結んで、そしてイシュトヴァーンをゴーラの王につけるためにその強大な力を使って動いたというのなら、まさにキタイ－アグリッパ－ゴーラ－イシュトヴァーン、というこの一連の流れはパロにとっては非常に危険なものだということになる。ヴァレリウスはどうしてもその真相をつきとめなくてはこののちのたたかいのために著しく障害になる、ということで、あえていまこの時期にパロをはなれたんだ。……もしも、そのグラチウスの疑いが正しく、アグリッパがキタイと結び、ゴーラのうしろだてにたったのだとすれば……」

「そうすれば、イシュトヴァーン王自身もまた、キタイの一味だということになるわけですね」

冷静な声でヨナがいった。ナリスはうなづいた。

「私はそうは思わないけれどもね。でも、イシュトヴァーン自身が選んだことでなくとも、知らずして、キタイないしアグリッパの意のままに動かされているかもしれぬということは、当然あるかもしれない。それはこのような強大な魔道師たちがからんでいれば——私自身だってきのうから、いやもっとずっと以前から、自分はもしかして、ヤンダル・ゾッグの思いのままにあやつられ、おのれの意志に従って行動しているつもりで実はヤンダル・ゾッグにあやつられてあちらに都合のいいように、いいように動いてしまっているのではないか、という奇妙な不安がどうしても消えないのだから」

「ヴァレリウスさまは、アグリッパ大導師を探しに旅立たれたのですね」

考えこみながらヨナが云った。

「だが、アグリッパが見つかるかどうかも、またアグリッパがヴァレリウスさまなりグラチウスなりの詰問に正直に答えるとも何の保証もない。——ずいぶんと、危険な行動に出られたものであると思います」

「それは私も思うよ……だが、確かに、ヴァレリウスでなくてはどうにもならないような問題でもあるね。魔道師たちのやることとは魔道師にしか知るすべも介入することもできない」

「それはそのとおりですが……しかし、魔道師でないもののほうならば、人間でもなんとかなるかもしれませんね」

「というと――？」

「もしもイシュトヴァーンが、本当にキタイにあやつられているのなら、すぐにでもナリスさまはイシュトヴァーンとは手を切り、そしてケイロニア、クム、沿海州と組んでキタイとも、ひいてはゴーラとも戦わなくてはならないことにおなりなのではありませんか？」

「まあ、そうなるね」

「ナリスさまがイシュトヴァーンと密約をかわされたときには、たしかにイシュトヴァーンはナリスさまと志を一にしていた。……それについて、その密約について明文化したような密約書、あるいは血判状のようなものを何かとりかわされましたか？　のちの証拠になってしまうようなものを」

「いや、そこまで私とても考えなしじゃない。口約束だけだよ……ちょっとした身のまわりの品をせがまれたから、水晶のお守りくらいはあげたけれどもね。それについてはヴァレリウスは魔道師としては大変怒っていたけれども、べつだん名前が書いてあるわけでもないし、それがあるからといって、なんの証拠になるわけでもない」

「そしていまは、ナリスさまは、もう必ずしもイシュトヴァーンのゴーラと結ばなくてもいい、とお考えなわけですね？　むろん、イシュトヴァーンがキタイにあやつられているのでなければまったく別として」

「そう、キタイにあやつられているのでなければね。彼は勇敢だし、彼の軍隊は勇猛だ。べつだん、そんな手段で国を奪ったからといって、私が正義の神のかわりにいきどおる理由もない。……また、アグリッパにあやつられているのならそれはそれで、アグリッパがこちらの味方についてくれるのならそれはかえってグラチウスよりもいい。ヴァレリウスとしては、黒魔道師の頭領たるグラチウスよりも、黒も白も存在する以前からの存在であるアグリッパのほうがはるかに手をくむにはよいはずだという考えのようだった。……いずれにせよ、当面はイシュトヴァーンのほうも、兵をひきいて私のたたかいに参戦してくれるゆとりはなさそうだしね」

「ということは……ナリスさまが一番、お知りになりたいのは、イシュトヴァーンがまことには誰にどのようにあやつられているかということと――そして、イシュトヴァーンの本心ということになりますね……それが操られた本心であるかどうかも含めて」

「まあ、そういうことになるね。……ケイロニア、クム、スカール、いずれとの話のもちかけようも、むろん当面は中原の危機を申立ててやるつもりだけれども、最終的には、イシュトヴァーンと私との関係を明確にさせた時点で決まってしまうことになるだろうからね。……いまのところは、私についてくれているもののあいだではまだともかく、諸外国に対しては私とイシュトヴァーンのあいだのかかわりというのはまったく知られていないのだからね」

「なるほど」

ヨナはしばらく黙然と考えていた。それから、考えながら慎重に云った。

「わたくしが、イシュトヴァーンの本心を、確かめて参りましょうか?」

「何だって?」

ナリスはゆっくりと云った。そして手をのばしてカラム水をとり、ひと口飲んでのど、をうるおした。

「面白いことをいうね、ヨナ」

「もちろん、魔道師なりのほうがよろしければ、全然……しかし、いつかは申しあげなくてはなるまいと思っていたことでもありますし……もしもこのいくさが膠着状態に入って、どの外国、どの勢力をうしろだてにつけるかが、いくさの帰趨を決める、ということになってくれば——イシュトヴァーンをどうするかは、ひとりゴーラだけではなく……ゴーラとナリスさまのかかわりかたによって、おのれのナリスさまへの助力の程度や可否を決めようとしている諸外国すべての最大の関心事になってくるわけです。……それにあたって、ナリスさまとしては、やはりイシュトヴァーンの本当の本心、そしてなにかうしろだてにあやつられているのではないのかどうか、ということが一番お知りになりたいでしょう」

「それはもちろんそのとおりだよ、ヨナ。なるほど、それについては迂闊にも思いうかばなかったから、きいたこともなかったが、私としたことが……ヨナ、君は、イシュトヴァーンと知合いなの？」

「はい」

「君もヴァラキアのヨナだし、彼もヴァラキアのイシュトヴァーンだ。——むろん同国人であることはわかっていたが、ヴァラキア人などいくらでもいることだ……ことさらに、それを結びつけて考えることもしていなかった。君がミロク教徒である、ということも……あまりにもイシュトヴァーンの所業とかけはなれているから、いっそう、結びつかなかったのだが……かなり、懇意なんだね？」

「そういう時期もあったと思います。というか、私が知っていたのははるか昔の、ごく若いころのイシュトヴァーンでしかありませんが。……そのころの彼は一本気な、真面目とは申せませんがたいへん情熱的な勉強家で……私は、彼に文字の読み書きを教えてあげたことがあります」

「ほう。彼に読み書きを」

「私の一家が彼に助けてもらったお礼でした。そのあと、彼はいのちがけで、ある貴族にさらわれた私を助けてくれました。そして、ヴァラキア港にいたパロの船に私をのせ、野望のためにせっせとたくわえていた金をみな私にくれてその金でパロへむかうよう、船賃まで出してくれたのです」

「ほう」

興味深そうにナリスはいった。その朱唇がかすかにほころびた。

「それは、それは……」

「ですから、私は彼に恩義があります。――いずれは、かえしたいものと考えておりました――ですからその後も彼の行方や運命については非常に関心をはらっておりました。王立学問所で学んでおりますと、かなり外国のいろいろなニュースが入ってきます。そのなかで最初に『ヴァラキアのイシュトヴァーン』という名前をきいたときには非常に驚きましたが――そのあとは気をつけて彼の足跡を追っていました。ですから――私に知能があるとすれば、あるていど、彼がどうしていまのような存在となり、いまのような性格となったかも理解しているつもりです。むろん、私の知らない因子のほうがはるかに多いわけですが」

4

「——なるほどね」

　ゆっくりと、ナリスはいった。そして興味深そうに、あらためて目をあげてヨナをじっと見つめた。

「君と……イシュトヴァーン。年齢的にいうと、幼友達どうしというにはちょっと……」

「イシュトヴァーンが私より四歳年上だと思います。私が彼を知っていたのは彼が十六歳のころですが、そのころには彼はチチア——つまりヴァラキア市の柄のわるい下町の界隈きっての不良少年で、チチアの王子と呼ばれていました。非常に喧嘩も強く、しかし私を助けてそのためにいのちをかけてくれるようなたいへん情深いところもあって、慕っているものも多かったと思います」

「ヤーンのなさることは不思議だね。……で、君はまさか、イシュトヴァーンのその……チチアの王子の御寵愛のお小姓だった、というわけじゃないんだろうね」

「私もイシュトヴァーンも子供でしたから」

　ヨナは珍しくかすかに苦笑した。

「どちらかといえば、どっちも金で買われたり、売られたり、おとなにひどい目にあわされたりする側だったと思いますよ。もっともイシュトヴァーンは喧嘩が強いので切り抜けていたようでしたが。ナリスさまはご存じないでしょうが、下ヴァラキア、ことにチチアなどという場所はとても柄の悪いところで、口にするもおぞましいような悪徳がさかんに横行しておりました。うちの一家はもともと信仰あついミロク教徒でしたので、そのチチアに横行する悪徳にはとても困惑していたものです。それも私が、ヴァラキアを出て学問の都パロにゆきたい、としんそこ願っていた最大の原因でした」

「なるほどね」

ナリスはもう一度いった。それから、ちょっと考えて、あらためてじっとヨナを見つめた。

「だが、考え深い君がそういいだしてくれるほどには……君はイシュトヴァーンに信頼されていた、ということだ。そうだろう」

「信頼されていた——かどうかはわかりません。私たちは友達でした。つきあっていた時間はごく短かったと思いますが」

「それ以来、会っていないのか」

「はい。ナリスさま」

「会いたいだろうね？」

「それも、このように申上げたひとつの理由かもしれないとは認めますが。しかし、いま、私の剣はナリスさまのものです。それに私は、ナリスさまに古代機械についての特別任務をおおせつかっております。ナリスさまが、イシュトヴァーンについては私などを派遣するよりもさらに適任なものがいるとお考えだったり、私がナリスさまのおそばにおりますほうがナリスさまのお役にたつなら、むろん何の異存もありません。ただ、私としては、いずれこのことは申上げておいたほうが――ナリスさまが、なんらかの、イシュトヴァーンとの非常に重大な交渉や説得、あるいは接触をしなければならぬさいには、私が多少お役にたてる、ということをいずれ申上げておかなくてはとずっと思っておりましたのです」

「有難う。とても役にたったよ。この情報はね、ヨナ」

「情報はいつでも役にたつものですから」

ヨナはかすかに微笑んだ。そうやって口もとをゆるめると、これ以上痩せられないくらい痩せて、青白いそのいかにも学者めいた風貌も、実はまだずいぶんと若いのだな、ということをほのかにしのばせるようだった。

「だが――とても有意義な情報をもらったのは感謝するが……いますぐ君にゴーラにいってもらうわけにはゆかないな。ひとつには、ヴァレリウスはいつ戻るかわからない。だから君に私の内密な秘書、書記、祐筆をつとめてもらわないわけにはゆかない。上級ルーン語までもすらすら書いて、そして私が上級ルーン語で書かなくてはならないほどの機密をわかちあっても大丈夫だと思う人間はそういるものではないからね。もうひとつは、いまお前のいったとおり古代機械の問題だ。お前にそばにいてほしかったのは、まず古代機械を私と同程度にとはいわぬまでも、かなりの確実性をもって操縦できる人間につねに私のそばにいてほしいからでもあるし——そしてさいごに、君はやはり、武人ではない、ということがある。武人でも魔道師でもない……いまのこの、戦時中にゴーラへ旅立っても、かりに用そのものは無事に満たしてくれたとしても、無事に往復できるかどうかというのがとてもこころもとない状況だからね、いまは。ことにキタイの竜王などという怪物がたちはだかっているからには」

「どのお考えも完全に論理的であると思います」

ヨナは云った。ナリス以外の誰にもわからぬことだろうが、そういうとき、ヨナの目がかすかに楽しげにきらめいた。

「ですから、私も、ナリスさまのお考えにしたがいますし、ただ、御参考になるようにと過去のきずなについて申上げたのですが」

「たぶん、ヴァレリウスが戻って、そしてこの戦況が当面膠着状態が続く、ということになったら、そのきずなを利用させてもらうことになる局面もあるのじゃないかという気がするよ」

ナリスは考えこみながらいった。

「とにかく、いまいったような四囲の状況だからね。そのなかで、私としては、いますぐに、イシュトヴァーンとのかかわりをイシュトヴァーンとの密約にそむいて断ち切って、ケイロニアなり他のより有力な味方を手にいれるべきか、それとも確実にすでに味方として密約をかわしているイシュトヴァーンを大切にすべきなのか、最終決定を出させられたくはないと思うんだね。卑怯に思われるかもしれないが……そのためにはイシュトヴァーンとアグリッパないしキタイとのかかわりについても十二分すぎるほどに調査しておかなくてはならないし、またイシュトヴァーンとの密約のことが表面化すれば、私の信用にもかかわってしまって結局他の外国との盟約にもさしさわりが出るかもしれないしね。……とんだ陰謀家だ、策略家だとして信用してもらえなくなるかもしれない。そうでなくてもとてつもないことを云おうとしているわけなのだしね……キタイについてのね。困ったことだね。日頃から陰謀をたくらむやつだの、陰険だの腹黒いだのと有難い評判をとっているせいですよ——と、ヴァレリウスならさぞかしまたがみがみいうのだろうな」

「では、いつでも、それが一番よいとお考えになったときに、私にゴーラにおもむけと御命令下さい。ナリスさま」

ヨナは何も余分なことは云わず、ことば少なに答えた。ナリスもうなづいた。

「そうしよう。ということでやはり君と話していたら考えがだんだんまとまってきた。よろしい、その方向性でケイロニアと、クムと、そして沿海州諸国及び草原諸国に書状を出すことにしよう。やはり、話していないと考えがまとまらないな。といっても、要するに『あまり決定的なことをいわない』というだけの話だがね。それだけでもたいへんなことだ。では、これから少しのあいだつきあってもらわなくてはならないな。カイに書記の用意をさせよう。まずはなんといってもケイロニアだろうな……ん？」

「ナリスさま。——もう、お人払いはよろしゅうございますか？」

ナリスがカイを呼ぶために呼び鈴をならすかならさぬうちに、カイが入ってきた。じりじりしながら、密談がおわるのを待っていたのだろう。

「御報告が参っております。御密談をあえてお邪魔だてするほど重要ではないが、一刻も早くということで」

「失礼いたします」

入ってきたのは、ロルカの配下の魔道師だった。

「これをお持ちしろとロルカ魔道師に命じられましたのでお持ちいたしました」

魔道師のさしだしたものを、カイがすばやくナリスにとりついだ。ナリスはじっとそれに目をさらした。それをさらりと読み下して、そのままヨナにわたす。

「レムスがクリスタル市内に出した告知だよ。そのうつしだ」

ナリスは口元をかすかにゆがめた。

「このへんはまことにレムス側もパロの人間だというべきだな。キタイに憑依されているか、否かを問わず、ね。つまりどれだけ情報戦というものでものごとが決まるかを、ちゃんと心得ているんだ。——読んでごらん、ヨナ、カイ。レムス側は正式に私をパロ聖王国への反逆者として、国王への謀反の罪で告発してきたよ」

ナリスのいうとおりであった。魔道師が持ってきたチラシは、レムスの王印と署名をつけて、「第二王位継承権者、クリスタル大公アルド・ナリスをパロ聖王に対する最も重大なる反逆と謀反の罪により、王位継承権を剝奪、国家の敵と認定したことを公布する」というものであった。

「王位継承権剝奪、クリスタル大公位も剝奪、クリスタル市最高施政権剝奪、聖王が与えたるすべての特権と領地との権利を停止、そしてパロ聖王家の一員としての特権もすべて停止し聖王家より追放するものとする」

ナリスは面白そうにそれを読上げた。

「有難い幸せだよ。カイ、デルノス大僧正とバラン司教をお呼びして」

「かしこまりました」

「この公報は反逆者アルド・ナリス追討令の発動を全パロ国民に対し告知するものなれば、今後この布令発布よりのち、アルド・ナリスに味方せし者はすべて国家の敵とみなし、アルド・ナリスに有利となるよう行動したる者は捕縛・処刑するものなり。——生憎だが、カレニア王の称号だけは私から奪うわけにはゆかないね。これはアルシス王家の最初から持っている固有の領土で、パロ聖王家が授けてくれたものでもなんでもないからね」

「はい。カレニアの王権につきましては、パロ聖王家は関与しておりませんですから」

ヨナが淡々と答える。デルノス大僧正とバラン司教があわてて入ってきた。

「この布令をいま魔道師が届けてくれたのだけれどね。まあ、当然こうくるとは思っておりました。ついては、デルノス猊下、バラン司教、お願いの筋があります」

「この布令はただいま我々のほうも見て検討中でございました。陛下」

バラン司教がうやうやしく云った。

「我々からも、ご献策申上げようと思っておりましたところで」

「そう、もう、そのことについては我々の見解はあるていど一致している。――レムスもパロの人間だから――たとえ竜王にとりつかれていようともね。だからパロでものごとがどのように進行するかについてはよくわきまえている。パロの国民はたとえ聖王家であろうとも、理不尽な命令には従わない。意外とだが、権威主義者でもある。――これはもう、すでにランズベール城でやりかけていたことではありますが、あの小癪な竜王の手妻のために中断していたことをさいごまでやりとおしたい。そしてそれを正式に告知したい」

「パロ聖王アルド・ナリス陛下御即位式でございますね」

バラン司教がいくぶん興奮した声でいった。

「そのとおり。そして、こちらからも布令を出し直す。レムスの非をならし、レムスがキタイの王ヤンダル・ゾッグの傀儡であることを正式に告発し、そして私が正当なパロ聖王である、という公報を公布する。そしてさらに、リンダ大公妃の捕縛、虜囚についてレムスを非難し、リンダの返還と、キタイに汚された聖王位の即時返却を要求する。……そしてそれについてはジェニュアのヤヌス大神殿の印と猊下以下の最高祭司団の御連名をお願いしたい」

「昨夜申上げたとおり、われらはすでにナリス陛下をアル・ジェニウスとお呼びいたしておりります。それには異存はございませんが、ただし正式の即位式につきましては、アルカンドロス大王の問題だけがございますので、まだ、仮のものにしかなりませぬが」

「それはいいですよ。ともかく、きょうじゅうに告知をうち、いまいった公報を公布し、そして同時に諸外国へもこのことを発表する。今回の諸列強への救援を依頼する使者は、密使ではなく、公式のものにします。公式の国際公報を伝達する使者を妨害することは、中原のすべての国で禁じられていることですからね。……同時に、レムスのこれまでの所業ことにカリナエ占拠についての非難と、ランズベール侯の戦死への哀悼、そしてカラヴィア公息の拘束についても国民及び諸外国におおやけにする。よろしいですね」

「おおせのままに、アル・ジェニウス」

「では、ただちにその作業にとりかからなくてはならない。魔道師たちと私の秘書団――あまり大勢はクリスタルから同道していないので、カラヴィアのランたち、アムブラの書生たちにも助けを借りなくてはなりますまい。その指揮はヨナ、あなたにとっていただこう。――そして、また魔道師ギルドを通じて、邪悪なキタイの魔道による禁忌破り、レムス軍でおこなわれている悪魔の魔道の実態について全世界の白魔道師連盟に告発を流す」

「ただしそのさいはグラチウスについては、慎重に扱われませんと」

ヨナがつと顔をあげていう。ナリスはうなづいた。

「それはもう、充分にね。これはロルカに指揮をとってもらうか――あるいはロルカを通じてカロン大導師なり、カロン大導師が指名した魔道師ギルドの者に頼むのがいいだろう。――やれやれ」

ナリスはかすかに笑って、いくぶん疲れたようすで顔をあげた。

「これからしばらくのあいだは、告知と公報合戦になるね。情報合戦というべきか……これでこそパロのいくさだというものだよ。だがこちらは魔道師ギルドもジェニュアもついていてくれる分有利なはずだ――と思いたいものだ。まあもちろんあちらにもキタイの魔道師団はついているにせよ……」

「ナリスさま」

あらたに急ぎ足で入ってきた伝令が、緊張したおももちであらたな書状をさしだした。

「こちらは、レムス王がナリスさまあてに送り込むよう、魔道師ギルドに託しましたもので――同時に同文の告知が、アルカンドロス広場に張り出され、またチラシがアムブラ及び市内要所にまかれております。さきにお届けしたはずの、ナリスさま非難の告知とほぼ同時にすりあがったものと思われます」

「………」

ナリスはこんどのチラシをみると、いくぶんくちびるをひきむすんで、ナリスとしては珍しいくらい血相をかえた。

そして、そのままそれについてはしばらく何も云おうとしなかったのは、胸のなかのにえくりかえるものをじっとしずめているのに違いなかった。僧正たちがいぶかしげにナリスを見上げているのをみて、ヨナがそっとナリスに近寄った。

「失礼いたします」

つと、ナリスの手から書状をとり、さらさらと読み下す。そのヨナのおもてにも、かすかな感情が動いた。

「これは、クリスタル大公妃リンダ妃殿下のお名前で出された告知です」

ヨナはゆっくりといった。

「正式には、王姉、第一王位継承権者、クリスタル大公妃リンダ・アルディア・ジェイナの御署名になっておりますが。――リンダ妃殿下の名において、ナリスさまのこのたびの反逆を非難され、ヤヌスの秩序にそむきパロ聖王国の平安を乱す行動と激しく非難し、いますぐ武器をすて、武装をといてレムス聖王のもとに下るべし、という慫慂ですね」

「……………」

ナリスは、波だつ胸をしずめるように、手をのばしてゆっくりとカラム水をすすった。

「リンダがすでに殺されてゾンビーにでもなっているのでないかぎり」

ナリスはおのれに言い聞かせるようにいった。

「彼女だけは何があろうとも、レムスのことばになどたぶらかされるはずはない。――むしろんこれは、この署名は偽造されたものだ。よかろう、ではもうひとつ別の公報で、リンダ大公妃の監禁と同時に、大公妃の署名偽造の罪科をも告発してもらおう」

「わかりました。すべて、ただちに手配いたしますので、どれほど遅くとも夕刻までにはすべての公報がクリスタル市内へ。――最初の、もっとも重要な……ナリス陛下の聖王即位宣言はひるすぎまでにともかく告知されるよう、最初にいたします」

「お願いしますよ、司教、デルノス猊下。こういう点ではジェニュアにいるのが一番助かるな。こういう告知にはとても馴れていらっしゃるし、人員もとても多いですからね。このあと、私の考えでは、当分、双方からなんだかんだと、告発合戦、非難合戦になると思う。場合によっては中傷合戦にもね。まあそれでこそパロのいくさだと、私はさっきも申上げたが、しかし私の希望としては、あちこちの兵力が参集してくれるまでのあいだ、そのような情報戦とでもいうべきものが延々と続いていていてくれることこそ、とても助かる。そのあいだにこちらも陣容をととのえられるし、スカールも入国してきてくれるでしょうからね」

「アル・ジェニウス。御報告が参っております」

魔道師が入ってきた。そのうしろから伝令がかけこんできて膝をつく。

「アルゴスの黒太子スカールどのの軍勢が、ダネインをわたり、カラヴィアへ入られました。――それから、マール公騎士団の半数及び、昨夜の戦闘でいったんバラバラになったアムブラ市民軍、そして城からおちのびられたランズベール騎士団の残党が、三々五々、ジェニュア圏内に集結しておりますが、これらへの対応はどのようにしたらよろしいかとの、ローリウス伯爵からのおたずねでございます」

「おお、そうだね。ちょっと心配なのは、三々五々と参加されたのでは、そのなかにレムス派の密偵がまじりこんでいても気がつかぬおそれがあることだ。いったん、ジェニュアの外……そうだな、ええと一番大きな丘はなんといったかな……」

「鞍掛けの丘でございますね。ジェニュアの南西の」

「ああそう……ではその鞍掛けの丘のふもとに全員を集めて、魔道師団とはかって充分に調査してから編成しなおしてあらためてジェニュアに入ってもらうほうがいいね。むろんあらかじめ編成されている騎士団などはそのかぎりではないが。いずれにもせよ、あとから参加してくるものは、ただちにジェニュアに入らせるのはやめて、いったん外にとまらせて、魔道師団のチェックをうけるようにしてもらわないと。そのようにはできるね、ロルカ」

「はい、それは問題ございません。では、そのように交替で、ジェニュアに到着するものたちをくわしく調べる体制を作らせます。ことに、キタイが相手でございますから、なんらかの魔道のワナを体にしかけられている者がお味方の結界内に侵入することが一番おそろしゅうございますから」

「確かにね。それについては、では、ロルカに責任を持ってもらってよいね。これから先、どんどん、告知がかさなってゆくと、こちらの軍に参加したいと希望してくるものが、聖騎士団にせよ、地方の騎士団にせよ増加してくると思うからね。だがそれは私にとってはとても貴重な兵力なのだから、できることなら最大限に活用したい」

「あまり、大軍になるようですと、そしてあまりに長期間になりますと、ジェニュアではたぶん、もう手ぜまになりすぎてしまうという危険はございますが」

バラン司教が云った。ナリスはうなづいた。

「それもわかっています。それにそもそもジェニュアが籠城や、反逆軍が根城にするための場所ではないということもね。それもいずれちゃんと考えていますから、どうぞ御心配なく。ただともかく、ジェニュアにいるあいだに戴冠と、そしてこちらの体制の確立だけはすましてしまわなくてはならない」

「では、仮の御即位のお支度もなるべく急いだほうがよろしいのでしょうな」

「できれば、仮ならそれほど大袈裟な支度もいりませんから、きょうあすにでもお願いできればと思うな。可能ですか」

「今日はさすがにもろもろの準備が——明日あさってなら、確実にご用意できます。そうでしょう、猊下」

「それはもう。我々としても、レムス一世のキタイの憑依が明らかになった以上、レムス一世を戴冠させた面目にかけて、正しきパロ聖王の座を正しき王位継承権者にひきわたさなくてはなりませぬからな」

「ではその支度もただちにかかっていただかなくてはならない。いそがしいね」

ナリスがかすかに苦笑したときだった。

「ご報告申上げます」

またしてもあわただしくかけこんできたのは、こんどは神殿を守る当直の騎士であった。

「緊急の御報告でございます。たったいま、ベック公ファーンどの、ケイロニア街道よりお戻りになり、ケーミにていったんおとどまりになっておられますが、クリスタルの状況にたいへん憂慮され、かつたいへん困惑され、クリスタル市及びクリスタル・パレスにお戻りになるより前に、お近くにおいでになることでもあり、まずは従兄アルド・ナリスどのと骨肉のきずなによって直接の内密の御会見をなさりたい、とのお申入れをなさっておられます。ベック公より直接の、直属のベック公騎士団の部下のかたが使者としてジェニュアにおいでになっての御口上でございますが、どのようにお答えしたらよろしゅうございましょうか」

「なんと」

ナリスはおもてを思わず輝かせた。

「ベックが、クリスタルに入る前に、私と直接会ってくれるというんだね？　それは何よりも有難い。むろん、ただちに、ジェニュアに入って下さるよう、返答をさしあげてくれ。申し訳ないが、私はこのようなからだだし、こちらからジェニュアをはなれることはできないし、また状況的にもジェニュアをはなれることができないゆえ、ジェニュアに入っていただくほかはないが、むろんベックの身の安全及び、行動の自由には一切の危害を生じるおそれはない、と申入れてくれるように。……ただし……」

「おまち下さい」

ゆっくりとヨナが手をあげた。

「むろん、ベック公のお人柄は存じ上げておりますが……ベック公騎士団全員が中立のベック公と同じお考えでいるとは限りませぬ。ベック公騎士団はおいてこられ、ベック公単独ないし、身辺を護衛なさるごく少数の騎士団のみの御同道でなければ、ジェニュアの奥殿にお入りいただくのはちょっと不都合ではございませんでしょうか」

「………」

ナリスは思わぬ反対をうけて戸惑ったように、ヨナを見つめた。

「ベックはとてもいい人間だ」

ナリスは云った。

「彼が裏切るだろうという心配は、まったくないよ。それはもちろん騎士団全員を連れて入ってこられるのは困るけれど――もともとベックはケイロニアのグイン王即位の記念祝典に参列するためにクリスタルを発ったのが、このしらせをきいてあわててひきかえしてきたのだから、そう大勢の騎士団を率いているわけでもない。ともかくも、もしベックがこちらについてくれれば私にとってはこんなに大きな力になることはないんだからね。かまわないよ、ベック公には、いま申上げたとおりのお返事をしてくれ。これは私の権限による決定だ」

第二話　魔の森の魔道師

1

人家もないワルド山地の奥深く、どことも知れぬえたいの知れぬ洞窟――

〈闇の司祭〉グラチウスが最近の棲家にしているという、その魔道の品々でみちた洞窟に戻ってきたヴァレリウスは、無理からぬことながらかなり機嫌はよくなかった。

「約束だから、戻ってきましたよ。ご老体、いないんですか」

《閉じた空間》を使って、クリスタルからかなりの勢いでワルド山地まで疾駆してきたのだ。まだ、拷問でうけたからだのいたでもなおりきってはいない。ヴァレリウスは、しんとしずまりかえった山の洞窟の入口に立って、不機嫌そうな声をはりあげた――といっても、じっさいに出したのは心話だったから、これはあくまでも比喩にすぎなかったが。

「ご老体。寝てるんですか」

「相変わらず、無礼でうるさい男じゃのう」

「ご老体」

とぼけたようないらえがあった。そして、洞窟の入口をかたく封じていた闇の結界が渦巻きながら開いた。

「入れ。ヴァレリウス」

「あんたが、急げ急げというから、ゆっくりお別れをおしむいとまもなく急いで戻ってきたのに」

　ヴァレリウスは文句をいいながら洞窟の中に入っていった。すでに見慣れた、魔道の品々に満たされたあやしげな洞窟の奥に、巨大な椅子がいつのまにか出現していて、その上にちんまりとグラチウスがうずくまっている。

「ゆくさきだけあそこで——ジェニュアで云ってくれれば、それでそのまま私は出かけられたのに。なんだってまたわざわざ、私をこんなところまで呼出すんです。こうなったらとにかく、一刻も早くアグリッパを見付け出して、用をすませて、一刻も早くナリスさまのおそばに戻りたい、それだけなんだ、私は」

「やれ、やれ。お気ぜきな。そんなに、あのお人形が心配か」

「心配ですよ。知りたきゃ云ってあげますが、心配で心配で気が狂ってしまいそうだ。あのかたから離れているのはたとえ一秒《タル》でも本当はイヤなんですからね。だからもう、あんたのその無駄口につきあってるひまはない。とっとと、私がどこにいって、何をすればいいのか教えて下さい。でも本当に私がいないあいだ、ナリスさまにヤンダルの手が及ばないよう、力を貸してくれるんでしょうね」

「無礼な口をきく男だの、ことあろうにこの〈闇の司祭〉にむかって。まあよい、恋に狂った男などというものは、始末におえないものと昔から相場がきまっておるわ、ヒョヒョヒョヒョ」

「だから、あんたの無駄口につきあってる時間はないといっているでしょう」

ヴァレリウスは苛々していたので、とりあえずずっとこの、黒魔道の大先達に対して払ってきた敬意も当面は棚上げの状態であった。ヴァレリウスにしてみれば、からだは痛むし、体力の限界はとうに突破して、ぶっ倒れてしまいそうだし、しかもいまのいま、ナリスのそばをはなれるくらい、彼にとってしたくないことはそうはなかったのだ。グラチウスはまた、口をすぼめてヒョヒョヒョと笑った。

「まあいい。わしが、アグリッパに近づけるのだったら、お前さんごときヒヨッコに頼みはせんのだがな。ともかく、アグリッパにあててわしからも手紙は書いておいたよ。それを持っていってくれ。それが多少の効力はもつだろう。それに、長い目でみれば、お前さんがわしよりアグリッパと組みたいのである以上、この回り道はさいごにはお前さんにとっちゃ、せずにはおかれぬことじゃろ。結局、イヤなんだろう、黒魔道師と手をくんでキタイにあたるのは」

「それは当たり前じゃないですか。私は白魔道師ですよ。ばりばりの白魔道師なんだ」

ヴァレリウスは口をとがらせた。

「黒魔道師の洞窟にこうしているだけでも、本当はなんだか息が苦しいような気がする。まあ、ヤンダルに占領された聖王宮にいるあいだも、もっといろいろと苦しい感じもしていましたがね。それは、ご老体がジェニュアにお入りになりにくいのとまったく同じことですよ」

「まあよかろう。だがジェニュアには近づけないが、その外側に結界を張っておくくらいのことはしてやれるから、あんたのお姫様はあんたが戻ってくるまでは無事だよ。そう思って安心して出かけてくれるがいい。ユリウスをつけてやるからね。道案内に」

「何ですって」

ヴァレリウスはげんなりしていった。

「またあの鬱陶しいお喋りの淫魔を私にくっつけようっていうんですか。勘弁して下さいよ。あいつは、私のような上品な人間には性があわない」

「下品で悪かったね」

いきなり、空中にさかさまにあらわれたのは当然ユリウスであった。ユリウスはまたすっぱだかで、だがいつもほどは猥褻ではなかった。下半身は長々と白いぬらぬらした蛇のようにのびていて、空中に消えていたからである。まだ、聖王宮を脱出するときにひきちぎられた足が生えてきていないのかもしれない。

「なんだよ、ひとが、いのちがけで助けてやったってのに。なんて愛想のないヤローなんだ。こんなのと組むなんて、おいらのほうがおことわりしたいや」

「えい、やかましい、二人とも」

　グラチウスは怒った。

「そんな下らぬつきあいをしている場合ではないということがわからんのか。中原の危機だ、なんだとあれだけ騒ぎたてておってからに。さあ、とっとと出かけてしまえ。そして早くわしにアグリッパの朗報をもたらしてくれ。そうしたら、わしも安心して料理にとりかかれる、いやいやいやいや」

「何の料理ですと」

　ヴァレリウスはわかっているのだぞといいたげに白い目でグラチウスをにらんだ。

「いいですか、私はあなたのためにゆくわけじゃない。黒魔道師といえども私をヤンダルから助けてくれた恩義は恩義だし、魔道師は受けた恩義をかえさなくてはならない。それにまた、アグリッパがゴーラにどうかかわっているか、それはわれわれにとっても大きな問題だ。だからゆくんであって、喜んでゆくわけでも、あなたの頼みだからゆくわけでもない。そこんとこを、間違えないで下さいよ。ましてや、私があなたと喜んで同盟したり、すすんでギルドとの仲介にたった、などとはね」

「多少、拷問でいためつけられた体力が戻ってきたとみえる。生来のへらず口がだいぶ戻ってきたじゃないかね」

　グラチウスはにくらしそうに云った。

「いっそヤンダルに、舌のひとつもひっこ抜かれてしまえばよかったのかもしれんが——まあ、舌がなくても魔道師なら、心話でいやというほどしゃべりたてることはできるわな。ではとにかく出かけてくれ。わしとてもアグリッパのアジトのありかを知っているわけじゃない。いや、もし知っていれば、とりあえずコンタクトがとれるからな。が、それなりに多少の見当はついておらぬわけでもない。多少のな。ま、それが地上ではないかもしれない、ということはあるが——とりあえず、ユリウスにもかなりの魔力はあるので、お前たち二人の魔力をあわせれば、なんとかたどりつくだけはたどりつけようさ。そこでどうなるかは、アグリッパしだいだがの」

「いいですよ」

ヴァレリウスはくちびるをかみしめた。

「もう、こうなった以上、意地でも私は大導師アグリッパを味方につけて戻る。そしてキタイの脅威を永遠にパロから追い払ってやるつもりだ。さあ、云って下さい。私はどこにゆけばいいんだ。とりあえずの道標だけでも教えて貰えればあとは自分でなんとかしますよ」

「ルードだよ」

おのれしか知らぬ秘密をもらすのがいかにも勿体なさそうに、しぶしぶとグラチウスは云った。

「ルードの森だよ。そこそのものだとは云わぬ。が、さいごにアグリッパがそのすがたをあらわした、という伝説はすべてルードの森に集中している。——ま、少なくともそこにゆけば、なんらかの手がかりが得られるのは確実だと思うね」

「なんだ。そのていどのもんなんですか。〈闇の司祭〉の持ってる情報というのは」

「何をいう、失敬な若造だな。これだけの情報を、いったいわし以外の誰が、あの伝説の大導師に対して持ってるというのだ？　ルードの森、それもまた、きわめてあやしの辺境の魔境だ。なんであそこにだけ、死肉をくらうグールがあんなに大群となって巣くっているのか、なんであそこにだけ、悪霊、魑魅魍魎があれほど大勢うろついているのか、そしてなんでパロの双子はあそこの森のなかに古代機械によって転送され、そしてなんであそこでケイロニアの豹頭王が目ざめたのか——ルードもまた、ノスフェラスと同じく謎につつまれたこの世のカギをにぎる場所のひとつということさ」

「そんなことは存じておりますがね。ひえ、ルードまでゆかなくちゃならないのか」

ヴァレリウスは不平そうにいった。

「ヤンダルのようすはどうです、ご老体。当面、またジェニュアあいてに何か悪だくみをしかけてきそうなあんばいですか。もう、奴は聖王宮に、というかパロに戻ってきたのかな」

「たぶんね。また、聖王宮をつつむ瘴気がけさがたからもとに戻った。というか、いちだんと強化されたようでもある。それもあったから、わしはジェニュアから、こっちへ引き上げてきたんだよ。わしにとっちゃ、キタイの竜王の瘴気も、ジェニュアのヤヌス教の坊主どもの瘴気もたいしてかわりがないように思えるのでね」

「それはあなたがドールの徒だからですよ。まあ、しかしヤヌス教団はこういっては何だが、形式にこだわるあまり、形骸化してからひさしい。じっさいの魔道の力の研究や管理についてはみな魔道師ギルドにひきわたしてしまっていますしね。だから、まあ、ジェニュアがそこまで瘴気をはなつだけの力があってくれれば私にとってはいいさいわいなんですがねえ」

「だから、その分は、わしが守っておいてやるよ。お前さんが心配なのはそのことだけじゃろ」

「まあね。ではどうあっても私はルードくんだりまでいってくるしかないってことだな」

「おいらだってやだなあ。ルードには、あんまりうまそうな男なんかいそうもないし。道連れがあんたじゃあ、食いでもなけりゃ、からかいがいもありゃあしない」

ユリウスが不平そうにいって、にょろにょろと上にむかって何もない空中を這い上がった。

「やかましい。つべこべ文句ばかりいうな。さあ、とっとと出かけるがいい。わしもすぐにジェニュア近辺へ戻らなくてはならんのだ」

「わかりましたよ。アグリッパへの手紙というのは？」

「これだよ」

グラチウスは空中からヒョイと、魔道師のつかう羊皮紙の巻物をとりだした。それを手をつかわず、ヴァレリウスの前におしやって空中に浮かべると、ヴァレリウスはそれをうけとった。するとひょいとその巻物は空中に消えてしまった。

「確かに。お預りしました」

ヴァレリウスは云った。

「私としては、黒魔道師の書いたルーン文字の手紙なんか腹に入れてると、どうにもこうにも、腹のなかに毒をのんでるようで、落ち着かないことおびただしいですがね。まあしかたない。いってきますよ。うちのお姫様をよろしくお願いしますよ。まかりまちがっても、あのかたが短慮をおこしてしまわれぬように。……何が心配といって、私はあのかたが、やたらすぐに覚悟をきめて、これがさいごと自害なさろうとするくらい心配なことはないんだ」

「死にたい願望の病気だからな。だがそいつもだいぶ直ってきているようではあるが。はてさて、恋は偉大なものじゃね。それとも偉大だったのはパロの王座のほうかな」

「あんたの無駄口にはもうつきあいませんよ。さて、ではちょっくら出かけてこよう。やれやれ、なんて難儀なこった」

ヴァレリウスは肩をすくめ、大きくひとつ溜息をつくと、そのまますいと外に出た。グラチウスの心話が追ってきた。

「アグリッパに会えたら、なんでもいいからとにかくいっぺんグラチウスが会いたがっている、と、結界にひっかかって消滅させられる前に叫んでくれ。そうしたら、ちょっとは注意をむけてくれんものでもないだろう。なにしろ、敵は三千年生きたという、地上最大の魔道師だからな。……このわしがそう認めるのはまことに心外な話だがな」

「わかってますよ。ご老体」

ヴァレリウスは叫びかえした。そしてもう、あとをも見ずに、閉じた空間に入ろうとした。

とたんに、また目のまえにユリウスが出現した。こんどは完全な人間体になっていたが、腰のまわりには珍しくも腰布をまいていた。もっとも、その腰布たるやないほうがマシというくらいすけすけのしろもので、おまけにそこからひっぱりだした何やらをさかんにみせびらかしている始末であったが。

「なんだよ、おいてゆくなよ。一緒にゆけっていわれたじゃん」

「とりあえず何もそれは、お前さんと一緒に旅しろっていうこっちゃないだろう、淫魔さんよ」

ヴァレリウスはうんざりしたようすで、

「俺は俺で勝手にルードにゆくから、あっちで落合おうぜ。とにかく朝から晩まで目の前でそんなところをいじっていられたんじゃ、こっちは落ち着かなくてうざったくてたまらん。あんただって俺みたいな真面目な白魔道師と一緒じゃ堅苦しくて思うように悪さもできなかろ。あっちで会おう、あっちで」

「やだよ」

ユリウスは平然といった。そしてひょいとまた空中にさかさになった。

「くっついてゆけといわれたから、おいら、あんたにくっついてゆくよ。イヤがったってムダさ。おいらがくっついてゆくといったら、くっついてゆくからね。閉じた空間でゆくんだろ。おいらをつれてっておくれよ。おいら、ちっちゃくなってあんたにブラさがってるから」

「イヤだよ。こっちは拷問で体力をすっかりしぼりとられちまっているんだ。そんな、倍も重たい荷物をかかえて閉じた空間の術をつかったりしたら、途中で疲れて死んじまう」

「だっておいらはそんな遠っ走りはできないんだよ」

ユリウスはぎゃあぎゃあいった。

「連れてってくれなきゃ、いますぐジェニュアにいって、あんたのお大事のお姫様のベッドにしのびこんで＊＊＊しちゃうよ。お師匠のじじいさまとちがって、おいらは古代生物だから、ヤヌス教の結界なんかちっとも怖くないよ。ヤヌスなんて神様がこの地上に出現するよりずっと古くから、おいらの種族はこのあたりをうろうろしてたんだから」

「あんたがそのたったひとりの生き残りだっていうのは、まさしくヤーンのおぼしめしにちがいない。こんなもんに一匹以上いられたら鬱陶しくてかなわん」

ヴァレリウスはげんなりしたように、

「わかったよ。じゃあしょうがないから、なるべく小さくなって俺にくっついててくれ。そうか、わかったぞ。じゃあお前さんは飛べないんだ。ということは、これまでお前さんが変なとこにヒョコヒョコあらわれたのは、あれはみんなグラチウスが飛ばしてくれてるんだな」

「いいじゃぁーん、そんなこと」

ユリウスはずるそうにうわめづかいでヴァレリウスを見た。

「さあ、じゃあゆこうよ。ルードについたらおいら、道案内をしたげる。ルードから先は、何回かいったことあるんだ。お師匠じじいにくっついてね。でも、あるところまでゆくとお師匠じじいは結界にはねとばされる。——だから、あの結界こそはたぶんアグリッパの結界に違いないんだ。ねえ、魔道師のお兄さん、アグリッパっていえばえらい有名な大魔道師だけど、あっちのほうは強いと思うかい？　それとも三千年も生きてたら、アレなんかもうとっくにすりきれて消えちまってると思うかい？」

というわけで――

ヴァレリウスはジェニュアに心をのこしつつ、やや迷惑な連れとともどもルードにむけて旅立っていったのだった。

古代機械とはことなり、魔道師の閉じた空間の術は、一気にそれほどの遠距離をゆくことはできない。だから、何回もくりかえして閉じた空間を移動してゆくのだ。それでもむろん、歩いていったり、馬にのったりするよりははるかに、まったくレベルの違う速度で移動できるのだが。もともとが、古代機械とはまったく原理が異なる――専門的に修業してたかめられた精神集中の能力によって肉体を瞬間的に空間移動するきわめて高度の魔道だが、非常にいろいろな制約のある魔道でもあるのだ。が、ユリウスはまったく魔道の心得がないわけではなかったから、ヴァレリウスにパワーを増幅してくれる役にはたった。だがたぶん自分ひとりで閉じた空間の術を使うだけの魔力はないのだろう。

何回か閉じた空間の術によって移動すると、ワルド山地をぬけ、まもなくクム国境地帯に入る。それからクムをぬけ、モンゴール領内に入り、そしてモンゴールの北の辺境、ルードの森を目指すのだ。なかなかにはるかな遠い旅になりそうだったし、それにゆくさきにまっているのが本当にアグリッパなのか、本当にアグリッパにめぐりあえるのかもさだかではない。

もし首尾よくめぐりあえたとしても、アグリッパがもしも本当にキタイと組んでいるのだとしたら、アグリッパはまぎれもない敵の一味ということになる。——そうだったとき、アグリッパがどう出るのか、それに対してヴァレリウスがどう立ち向かえるのか——それを思うと、ヴァレリウスにとっては、まことにこころもとない限りの旅というべきであった。

アグリッパは伝説の大導師、三大魔道師のナンバー1とされている、つまりはすべての魔道師のなかで最大最強の魔力をもつといわれる大魔道師である。三千年以上生きてすべての魔道の力をその身におさめたといわれるその謎の存在は、現実に八百年生きていて、いろいろと現世にも干渉してもくれれば、けっこうあちこちにすがたをあらわしてもいる〈闇の司祭〉グラチウスと違って、本当に存在しているのかどうかも長いあいだ証明されていない。したがって、それがどのような考えをもち、いまどのようにして存在しているのか、どんなすがたをした、どんな魔道師なのかも、まったく知られていないのである。

だが、グラチウスでさえもおそれるほどに強大な力をもっている、ということだけはどうやら間違いがないらしい。ということは、そのグラチウスにはるかに魔道師としての能力では及ばぬはずのヴァレリウスごときが、アグリッパにかなうわけもない。

（俺は……なんだかんだといっても要するにただの上級魔道師なんだからな……大導師どころか、まだ導師でさえないいんだから）

ひがんでいるわけではない。魔道師の世界というものは、きわめて冷徹なもので、その能力値はそれこそきっちりと物差ではかれるように算出できる。そして、よほど特殊な魔道の道具の助けをかりたり、あるいはきわめて特殊なパワーのある人間の力を合体させる、などということがあれば格別、そうでなければ、力の強いものに力の下なものはまったくかなわない、というのはきわめて単純な事実でしかないのだ。その意味では、魔道師というものは、おのれの能力に幻想のもちようもないのである。もっとも、同じ程度の力をもっている場合にはさらにさまざまな条件——どのような魔道を得意とするかとか、体調や、また月の満ちかけなどということでさえも——によって微妙になってくるのだが。

それゆえ、ヴァレリウスにとっては、夢にも、万にひとつも、おのれごとき一介の上級魔道師が、魔道師の中の魔道師、ただ何も名前をつけずに「大導師」といえばすべてこの人のことであるとまでいわれて尊敬されているアグリッパに魔道の能力で匹敵しうる、などということは考えることさえもできないことであった。

(もしも、アグリッパが敵であったら……)

そのときには、ヴァレリウスもまた当然、かなりの確率で、生きてパロの、クリスタルの地を踏むことはできないもの、と考えて覚悟しておかなくてはならないだろう。

だが、また、アグリッパがもし味方になってくれさえすれば——そのアグリッパの魔道の力をもってすれば、キタイの大竜王ヤンダル・ゾッグのおそるべき魔道といえども、うちやぶるのは、かなわぬ望みではなくなるだろう。

(そうだ……このままでは、どちらにせよ……パロは、ヤンダル・ゾッグのいいなり、思いのままになってゆくしかない……）

魔道師ギルドが、いや、白魔道師連盟の力をすべて結集しても、どうやらヤンダル・ゾッグひとりのおそるべき魔道のパワーにかなわないようだ、ということは、すでにヴァレリウスにはいたいほどわかってしまっている。

（俺たちは……このままでは、いたずらに破れるのを待っているだけだ……）

ヴァレリウスが、あえて、最愛のあるじをジェニュアに残し、アグリッパを探し出して味方につける、などというとてつもない、見込も成算もなさそうなこの冒険行にのりだす気になったのは、むろんグラチウスへの恩義と約束、という魔道師にはやぶることのできないものもあったにせよ、それ以上に、その思いが一番激しく切迫しているのがヴァレリウスだったからにほかならない。

魔道師なればこそ、ヴァレリウスにこそ誰よりも、ヤンダル・ゾッグのおそろしさ、その秘めた力の大きさがわかる。まして、そのヤンダル・ゾッグに幽閉され、拷問をうけ、死者のよみがえるおそるべき禁忌の魔道で責められて、ヴァレリウスにこそ、いまでは誰よりもヤンダル・ゾッグの底力というべきものが痛いほどに理解されていたのであった。

（このままでは負ける……魔道師ギルドも、白魔道師連盟も何の役にもたたない……ましてや、ジェニュアのヤヌス教団など、本当はもういまでは何の力ももっていない……まあ、多少、よそよりは結界が張りやすい程度だ）

そして、その敗北は、ただの敗北ではすまないのだ。ヤンダル・ゾッグはパロをわがものにし、レムスを通じてパロをキタイのものとするだけではなく、アルド・ナリスぐるみ古代機械を手に入れ、それによってヤンダル・ゾッグのおそるべき大魔道が完成するのだ、ということをヴァレリウスに隠そうともしなかった。ヤンダル・ゾッグの勝利、パロの敗北がヴァレリウスに意味しているものは、すなわちいまとなってはただ一人の主君とも、至高の神ともあおいで仕えるアルド・ナリスがキタイに奪い去られ、パロのすべての希望——ひいては中原の希望と自治と独立とがついえることなのである。そしてヤンダル・ゾッグがパロのみならず中原の王となったときには、中原にはただ、おそるべき暗黒魔道の支配の時代がおとずれてくるだけのことだろう。

(阻止せねばならぬ——たとえどんなことをしてでも……そのためには……たとえ黒魔道の力をかりてでも、とも思ったが……)

だがやはり、黒魔道は黒魔道だ。いまはかりそめにキタイの脅威の前で同盟してはいても、本来黒魔道と白魔道はまじわってはいけないものだ。

(だからこそ……)

たとえどれほどあてのない旅にみえようとも、アグリッパを探し出さなくてはならない。そして、おのれの味方につけなくてはならない。あまりにも困難な旅になろうとも、いのちをおとそうともだ。

(俺のこの冒険行に、ナリスさまのおいのちと自由と無事が……かかっているのだから……)

何がなんでも失敗はできぬとヴァレリウスは思った。
かれらの前には、踏み越えなくてはならぬはるかな荒野がどこまでもひろがっている。

2

「ナリス！」

入ってきたベック公ファーンは、おどろくべきことに、ごく少数の小姓と騎士を連れただけの単身にひとしい小人数であった。

「おお、ベック——会いたかったですよ。それに、まさかこうして、あなたのほうから会いにきてくれるとは……」

「あまりにも、思いがけないなりゆきだったので……」

ベックの表情はいくぶんかたかった。結局、ベック公は急遽ひきかえしてきた途上で、クリスタルに戻るよりもさきに、ナリスとの内密の会見を申入れ、ナリス側の持ちだした、ごく少数の護衛のみを連れて、という条件ものんで、ジェニュアの大神殿までやってきたのであった。

「というか、いずれこうなるだろうということが、予期できなかったのは、私のおろかしさを示しているものかもしれませんが。だが、私は……確かにあなたのように聡明で知られているわけじゃないが、あるいは私はそうなるだろうと思いたくなかったのかもしれない。なんといっても骨肉の争いなのですからね……第一、骨肉も骨肉、義理の兄弟にして、いとこどうしというごくごく近いつながりのある間柄なのだ。何があろうと争って欲しくない、というのが私の気持だった」

「あなたがそう思っていて下さることはよくよく知っていたし、あなたが私とレムスの不仲を一番心配して下さっていることも知っていましたよ、ベック。だから、さぞかしこうなって一番心をいためておられるだろうと案じていました」

「あなたの受けられた奇禍にさいしても、何もできなかった私だが……」

ベック公は、文化の国パロにとっては、武のかなめたる大将軍、すべての聖騎士団の団長でもある最高司令官である。

だが同時に、きわめて家庭的で堅実、実直で温厚な人柄をもってパロ国民の敬愛をあつめてもいる。その人柄は年をへて、かわるどころかますます落ち着いてきていた。

「そのことについては、何回自分を責めたかわからない。あなたが無実だということは同じいとこである私が一番よく知っていたし——あなたがどれほどその身を投出して黒竜戦役のときに必死でパロのためにたたかったかをも、一番そばで見ていたのは私だからね。……だが、こんどのことについては……」

「とにかく、あなたに会いたかった。あいにくとこのところずっとかけちがっていたし、あなたは何かと外まわりが多くていらしたし……何も相談できずにいるあいだに、とうとう事情がいろいろかわってきて、追い詰められたかたちで私のほうからたつことになったが、これはいっきりいって、レムスのほうから、私を追込んでたたざるをえなくさせる罠だったと私は思っていますよ」

「それについては……」

ベックは困惑したように額の汗をぬぐった。

「ナリス、私にはどうもよくわからない——ああ、まだ、あなたのことを、その、違う称号で呼んだりしなくていいのでしょうね。いまの私にはまだ何も決められない状態だし、それに——」

「ああ、もちろん、あなたは反乱軍にとらわれているのでもなければ、だが私の希望では、あなたは聖王宮の代弁者としてここにいらして逆賊となった私を説得にこられたわけでもないはずだ。あなたはただ、真実について知りたいとお考えになっただけでしょう。違いますか、ベック」

「それはもう……」

ベック公は悲しそうに首をふった。

「ナリス、幼な馴染みがい、いとこのきずながいに率直に云わせていただくが——私には、わからない。あまりにもこの話はわからないことが多すぎるんだよ」

「私にもですよ、ベック。それはもう、私にもです」

「だがあなたははじめた側なんだから——すべてを陛下に追い詰められた結果だけとは言えないはずだ。あなたと陛下の不仲のことはいまもいったように私は知っていたし、案じてい

たし、こんなことにならなければと切に願っていた。そうなったときどう身を処すべきかということについてもずいぶんと考えた。だが、わからないのは……」

ベックは絶句した。

「わからないのは、あまりにもあなたの主張が私の予想をこえるもので……あのキタイの竜王のどうのというのはいったいなにごとなんだ？　あまりにも荒唐無稽すぎて、とうていあなたが正気だとも思われない。だが、あなたは発狂して荒唐無稽なおとぎ話でこんなことをする人じゃあない。だから、私はあまりにも理解できなかったので、とにかくあなたと直接話をしてみなくてはと思ったわけだ」

「それはとても正しい、嬉しい選択をして下さったと思いますよ、ベック」

ナリスもまた、小姓も騎士たちもとおざけ、密談のためにしつらえられた室にはいまはただ二人しかいなかった。テーブルをへだててむかいあっていても、つややかな黒髪と蒼ざめた小さな妖精のような顔、そして白い長いトーガに国王の紫と真紅のローブをかけた美しいふしぎな精霊と、そのむかいにかけている、短髪に銅の騎士の環をとめた、パロには珍しくいかにも実直で誠実で武辺そうながっしりとした武人のあいだにいとこという、ごく近い血縁関係があることを示す類似は何ひとつありはしなかったのだが。

「もっとも感謝したいのは、私に、あなたと話すという機会を下さったことです。私があなたに、やみくもに私を聖王として認めろ、だの、私とくんでレムスと戦ってくれ、などとお願いするために会いたかったわけじゃないということはわかって下さると思う。私は、まさにその――あなたの抱いている当然の疑問にこそおこたえするために、こうしてあなたと二人でおあいできれば、とずっと願っていたんです」

「なんだか、あなたは、ようすがかわったね、ナリス」

だが、いくぶんふしぎそうに目を細めてナリスをじっと見つめていたベックは、それにこたえるかわりにまったく別のことをいった。

「そうですか？　それはもう、これだけの大それたことをしでかそうというのですから、覚悟は決めておりますが」

「私がいうのはそういうことじゃなく……なんだか、あなたは、明るくなったような気がするな。こういっては失礼だけれど、しばらく前までのあなたは――足がそうなられてからのあなたは、見ているのがとても辛かった。近い骨肉のいとこであるからなおのことそう感じたのかな。とても苦しんでいるのだな、というのがひしひしと伝わってきて――足が不自由になり、身動きもできぬからだになったということでね。その前のあなたがあまりにまぶしすぎ、輝かしすぎて私のような単純な武人には華やかすぎたから、いっそうそう思ったのかもしれないけれども……」

ベック公は奇妙にまぶしそうに目を細めた。

「正直いって、もうパロ聖王家の人間はリンダとレムスと私とあなた、残っているのはたった四人になってしまったというのに――おお、もちろんあなたの母上やうちの母、それにそのう……出奔された人のことなどは計算にいれていなくて申し訳ないけれど……だがとりあえず、王位継承権者であるものとしてはその四人になってしまったというのに、たった四人の家族にもひとしい聖王家の王族として、その身内の奇禍をもっと身近で支え、あなたがいたでから立ち直るために力になってあげられなかったことはずっと気になっていたのだけれどもね。だが、正直にいって……私はつらくて、見ていられなかった。以前のあなたをとてもまぶしかったせいかもしれないが、苦しんでいるあなたを見るのが辛くて——私はとても卑怯ものだったのかもしれないが」

「とんでもない、ベック」

「それもあって私はカリナエにも——いや、ある意味クリスタル・パレスそのものにも足が遠のきぎみになってしまった。妻などにもさんざん、一番辛いのはナリスなのだから、こういうときこそ力になってあげなくては、とも諭されたものだけれどもね。だが、私はあなたを……率直にいってしまうけれど、見るのがつらくて……見るにたえなくて——レムスのこともどう考えていいかわからなくて——私のような単純な武人の頭にはあまりにも複雑すぎ、辛すぎるなりゆきだったので——ついつい、宮廷そのものから遠ざかるようになってしまって……」

「なるほど、そうだったんですね、ベック」

ナリスは小首をかしげてほほえんだ。

「すっかり宮廷からとおのいて、家庭の幸せに埋没しておられるようだという評判だったので……もともとたても家庭を大切にしておられるかただし……まあ、ワリスなども領地にひっこんでしまっていたし、いっときのレムスの荒れようがけっこう激しかったしね……」

「私はあなたやレムスの葛藤から逃げ出して、見ないことですませようとしていた卑怯者だったのだと思う。いま、あなたにざんげしなくてはならないけれども」

ベック公は苦々しげに云った。

「その結果がたぶん——あなたがここまで追い詰められてこういう行動に出られ、そしてパロがいまやまっぷたつに割れて内乱のまっただなかに投込まれてしまった、ということなのだろうな。私はパロの武をたばねる大将軍だ。その私がそうやって、卑怯にも宮廷の確執から逃れてしまっていたことの、これはむくいとしかいいようがない」

「そんなふうに御自分を責めることは——私だって、結局あまりにもいろいろなことが積重なっていって、ついにここに追い詰められてゆくまでには、いろいろなことがあったのですから」

「だけれども——だから不思議なんだ。あなたは前よりもずっと落ち着いて——なんだか、前よりもずっと……そうだな、幸せそうに見える」

「幸せそうに？　私が？」

「そう……前から、はなやかで私など足元にも及ばないくらい光り輝いている人だったけれども、私の目からみて、幸福そうに見えたことはなかった。——だがいまはとても幸せそうに……落ち着いて、明るく、自分を信じていられるように見える。そんなふうにあなたが見えるのは……ちょっと意味は違うけれど、ああ、十八歳でクリスタル公になられたばかりのあのころくらいじゃなかったかなあ」

「そう……幸せ……なのかもしれませんね」

ナリスはうっすらとほほえんだ。

「いまの私には何ももう偽るものもないし——おのれをかくすことも、はばかることもないし……とても自由ですものね。ということは逆に——それまでの私がどれほどおのれを偽り、おおいなる欺瞞のうちにとりつくろって生きてきてしまった、ということかもしれないが。……そう、私は幸せなどというものは私にはかかわりのないことばだと思っていた。……そう、幸せよりも成功とか、野望とか、そういうことばのほうがはるかに重大だと思っていた。だからベック、この反乱が、私の野望ゆえではないのだ、ということ——私が父アルシス王子の遺志をつぎ、アルシス王家に聖王家の王権をとりもどすべく、おのれの野望によってことをおこしたのではない、ということだけははっきりといえますよ。それがもっとも正しいかたちだと思うので、いまは、私はパロ聖王に即位し、レムスの王位を偽りのものとして告発する、というかたちで反乱をおこしているが、もしもあなたがそうしたほうが正しいと思われるのなら、むろんパロ聖王に即位するのは私ではなく、第一王位継承権者であるところのリンダでもちっとも私はかまわない。むしろ、私のようにこんな不自由なからだの人間よりは、妻のほうがはるかに女王としてパロという聖王国にふさわしい人間なのではないかとさえ思っている。……私にとって重大なのはあなたがわからないといわれたその告発のほうであって、パロの王座の問題ではないんです」

「そのことなんだが」

　ベックは口重くいった。

「いまだに……どうしても私には信じられない。まあ、私はずっとケイロニアにおもむいていて――その前にも領地にひっこんでいたし、直接にいろいろな騒動にかかわっていないから、どうしても実感がもてないのかもしれないが……そんなことがあるものなんだろうか？　あなたから何回かお手紙をいただき、使者ももらって、大体あなたの主張についてはのみこんだつもりだ。パロがキタイの侵略を受けており、レムスはすでにキタイの王の傀儡としてのっとられている――確かにいっときはレムスは常軌を逸しているなと思ったことは私も認めるが、しかしそんなことがあるものだろうか？　こともあろうにパロ聖王がキタイの魔道師にのっとられ――傀儡となり……しかもそれはアルカンドロス大王の霊も認めた正当なパロ王だというのに……」

「当然、そういうお疑いがあると思っていたし、それに対しては、ただ私は『どんなことでもありうるのだし、証拠をみてもらうしかない』と申上げるしかない、ベック」

　ナリスは熱をおびた口調でいった。

「あなたが信じられないとおっしゃるのも無理はない。あなたは武人で、パロ聖王家の一員としては魔道から一番遠いおかただ。もっとも魔道にちかく、いっときは魔道師の塔か学問の塔で一生を送ろうと思った私でさえ、信じられなかったような破天荒なこの事実を、武人のあなたが信じられないとおっしゃるのもまことに当然だと思う。だが、私がかろうじてこのジェニュアに落ちてくるときの戦いにあらわれたおそるべき怪物、アムブラの民をアルカンドロス大広場で虐殺した怪物の騎士たちの話はおききになったでしょうね？」

「それはきいた。だからこそなおのこと信じられない。この目でみるまでは信じられないにちがいない。私はたしかにずっと領地のマドラのほうにひっこんでいたし、そのあとケイロニア王の即位のために呼び戻されてただちにサイロンへ発ったし、しばらくクリスタル・パレスをあけていたのは本当だ。だが、そのあいまには――たとえばケイロニアへの使者の役割をうけたまわるためにはむろんパレスに伺候して御命令をうけたし、その前後にはとりあえずクリスタル・パレスの一部である私の邸にいてそのときには何回も聖王宮へも伺候した。レムスにも何回も会っているし――べつだんそのときには何のかわった気配も感じなかった。もともとああいう陰気なたちだと思っているし、前よりはずいぶん明るくなったと思ってもいたし……それが突然、キタイの竜王に憑依されている、傀儡であってもうレムスではないのだ、といわれても……」

「そう、だから、私は、証拠をその目でごらんになって信じて下さるまでは無理じいするつもりなどありませんよ、ベック」

ナリスはおだやかにいった。

「それにまあ、あなたが信頼している騎士たちが何人もその目で――あなたはたしかルナンとはずいぶん懇意にしておられたはずだ。そのルナンも、リーズも、カルロスも、大勢の聖騎士たちもその目で見ている。竜の頭によろいをつけたぶきみな騎士たちの群を。そしてまた、死んだはずの人間がよみがえって、ゾンビーとなって私たちを襲ってくる光景を」

「それも報告は受けたけれども――しかし、たしかにルナン侯とは懇意というか、年齢をこえてうまがあうといっていただいているが、一方では、オヴィディウスやマルティニアス、アウレリアスともべつだん親しくつきあっていることはいる。かれらが日頃宮廷でそういう怪異に気づかなかったり――それもずいぶん不自然だとは思うが、それならまだしも、かれら全員がキタイの手先になっている、などというばかげた話は私は信じるわけにはゆかない。そうでしょう、ナリス」

「ええ。それはそうでしょうね。あなたのお立場としては」

「だから、私は、とにかくことの真偽を知りたいのだ。私はたしかに聖騎士団の団長だが、それはどうでもいい。といっては語弊があるが、私がどっちにつくかなどということは私にとってはこれはもうずっとあとの問題だ。どっちにつくもつかないもない。あなたのいうことが万一にも本当だとしたらそれこそそれは国をゆるがす、建国以来はじめてというたいへんな危機だと思うし、もしそうでないとしたらあなたはまたパロをあやうくする大変な大罪人の詐欺師だ。どちらにしても、私にとっては、パロのために、という唯一の非常にはっきりした目的があるのだから、何も迷うことはない。パロのために、愛する祖国のために、ふたりのいとこのどちらが正しいのか、そしてどちらが嘘をついているのか見極める、ただそれだけです」

「とても明快で、とてもはっきりしておられる」

ナリスは苦笑した。

「そういうところが、私は好きだな、ファーン。——でももうひとつだけきいて下さい。カラヴィア公騎士団はカラヴィア伯アルロンにひきいられてこちらにむかっています。それは、カラヴィア子爵アドリアンがずっと故もなく聖王宮に禁足されていることを知って、それへの抗議のためですが——そう、アドリアンもだが、私の妻リンダ大公妃もまた、ずっと聖王宮に幽閉され、虜囚のうきめにあっている。というよりも人質にされている、というべきでしょうね。これは正しいことですか？　レムスはあつかましくも、リンダの名前で声明を発したりしていますが、リンダがそういうことをする——夫を告発したりする女性かどうかはあなたがご存じのはずだ。もしもフィリスがそうやって理由もなくとらえられ、幽閉され、それを人質にとって降伏しろといわれたら、あなたはそれを——たとえ相手にどのような正義があろうとも、そのあいてを正義の軍だと認めますか？　フィリスを人質にとった、という時点ですでに、あなたにとっては許しがたいことを、そのあいてはしているのではありませんか？」

「それは……そうだ」

ベックはうめくようにつぶやいた。ベックはパロにも名だたる愛妻家である。

「だが当然レムスはいうだろうし……それはリンダが自主的に……」

「そうでしょうね。でも、妻は私に、今夜帰ってきたらこうしよう、ああしようと楽しげにいいのこして宮廷に出かけ——すぐ帰ってくるわ、とかたく約束して……そしてそのまま戻ってこないのですよ。これが、自主的になされたことなら私はリンダに裏切られたということになる。私の妻はでも私を裏切るような女性ではない」

「おお、それはもちろん。私も彼女のことは全面的に信頼している」

「少なくとももしリンダが私のこの反乱にたいして真剣にうれえているなら、彼女が最初にすることは、いまあなたがそうして下さっているように、個人的に私と面会し、私の本心を知ろうとし、それが間違っていたら説得して正義にたちかえらせる、ということだとは思いませんか？　あなたはリンダを従姉としてよくご存じだ——彼女が、私にそうした説得のこころみなどをまったくしないで、宮廷にこもったまま戻ってこなくなり——わけもなくね——そして一方的に手紙や告発状で私の反乱を告発して降伏せよとすすめるような女性だと思いますか？」

「それは……思わない。たしかに、そういわれてみるといろいろなことがずいぶんと変だ、ナリス」

「変どころではありませんよ」

ナリスはかるくくちびるをかんだ。

「リンダは幽閉され、そして敵はすでに私のまえにはすべてその正体をあらわして、おおっぴらに恫喝しているのです。リンダと、そしてヴァレリウスを人質にとって、そのいのちをたてにとって私に降伏せよ、とね。そしてそれは、私をキタイに連れ去り、古代機械の秘密を白状させるためなのです。かれらの目的は私そのものだ——だからかれらはつねに絶対に殺すな、と兵たちに命じる。アルド・ナリスは絶対に殺すな、生かしてとらえよ、とね。だから本当は、私にできるもっとも手っ取り早いパロを守る方法というのは、私が自害してのけることなのですが」

「何をいってるんです、ナリス。たとえもしあなたのいうとおりだったとしても、だったらなおのこと、あなたが死んでしまったら敵の思うつぼだろうに。パロはすべてもうそうしたらキタイの思いのままなのだから」

「そう、だから私はまだ生きていますけれどもね。……でも、だからけさ私はクリスタル・パレスにむけて、リンダを即刻釈放せよ、そしてパロ国民に対してこのキタイとのつながりの疑惑について納得のゆく釈明をせよ、という告知をうちましたよ。これはちっとも反乱軍としての大それた野望によるものでもなんでもありはしないのは認めて下さるでしょう。むしろそれをどうして否定するのか、それを否定したり、反対したりするということはつまるところかれらがそうしなくては——リンダを幽閉しておいたり、パロ国民に対して釈明できないという理由があるからだ、と私は思うのですがね。……敵はずる賢くてなかなか尻尾も正体もあらわさない。だがもうすでに《竜の門》と名乗るその不気味な怪物たち、竜の頭をもつ怪物がクリスタルに、市民の前にすがたをあらわしている。あなたもおそらくごく近々にそれを見ることになりますよ。ベック」

「なんということになったんだろう」

ベックはうめくようにいった。

「そもそも、豹頭のケイロニア王が即位する、という話にも、私はずいぶん仰天したし、正気かとも疑ったし……豹頭といったところで、つまりは豹頭に似た顔の人間にすぎないんだろうと思っていたものだった。だがそうじゃなく、まことに豹の頭をもつ人間が、しかも伝統あるケイロニアの王となる！　そしてこんどはこれだ。わが愛する祖国パロに竜の頭の人間があらわれるとやら、死者がよみがえるとやら、かんじんかなめの敬愛する国王がキタイの魔道師にのっとられたとやら――こんなことって、あっていいものなんだろうか？　私には信じられない。あまりにもとてつもなさすぎ、とほうもなさすぎて、とうてい私には信じられない。いったいどんなことがはじまろうとしているんだ？　いったい、どんな時代がやってこようとしているんだ？　私にはとても信じられないよ、ナリス。私は常識ゆたか、とはいわないけれど、ごくつまらない常識ある人間にしかすぎませんからね。いったい何がはじまって、世界はどうなってしまったんだろうとひたすら驚くことしかできない。でもあなたのような人がここまでやるからには当然、そこにはまったく一抹の真実もないなどということはありえないとは思うが――だが、それにしてもとてつもなさすぎる。私のこれまで信じてきた世界というもの、現実というものはいったい何だったんだ？　そう思わざるをえない。私はやはり融通のきかない武人にすぎないんだろうな。この事件は、私の頭にはちょっと荷が重すぎるよ、ナリス」

「そんなことはありませんよ」

ナリスは思わず苦笑した。

「あなたは正直で率直なおかただからそう云われるけれど、ベック。本当はむしろ、それを目のあたりにすることがもっとも多かった私こそ、一番戸惑い、おそれ、おののき、不信にとらわれているのだと思いますよ。いまだに私だって、本当にそんなキタイの竜王なんてものが存在するのかと疑いたい気持ですから。でも、私は見てしまった。私だけが見てしまったんです。だから、私が戦うしかない。かれらがねらっているのは私、ほかならぬこの私なのだから」

3

「——ベック公はお帰りになりましたので」

しずかに入ってきたのは、ヴァラキアのヨナであった。このところでは、すっかりナリスの右腕として祐筆をつとめ——というよりも、ヴァレリウスにかわってナリスの参謀、そしてその相談相手をもつとめている。

「ではまた、お仕事の続きにかかられますか。ナリスさま」

「ああ、いま呼びにやろうと思っていたところだった。有難う」

「で、ベック公はどのように——？」

「どうしても、自分の目で確かめなくては得心がゆきようがない、といってね。——いったんクリスタルに入り、レムスと面会してそれで自分の目で決める、といってお帰りになった」

ナリスは疲れたように云った。カイに少し椅子の背もたれを倒させて楽な姿勢になったが、そのおもてにはまた疲労の色が濃かった。いや、それは疲労だけではなく、心痛もあったのかもしれないが。

「危険だな。……この次に無事にベックに——少なくともきょう会ったもとどおりのベックにもう一度会えたら私はヤーンに感謝しなくてはならないかもしれない。どれほどことばをつくしてとめても、しかし、ベックは自分の目で確かめたい、の一点張りだった。それも無理はない、当然だとは私だって思うよ。私だってこんなとてつもない話をいきなりきかされたら、それをいっているやつの正気を疑ったり、とにかくなんでもいいから自分の目で確かめて証拠を求めてみようと思うしかないと思う。私にできることは、せいぜい、異変があったらただちに連絡がつくよう、私づきの魔道師を数人ベックに一緒につけてやることしかなかった」

「………」

「だが……いったん、いまのクリスタル・パレスに入ってしまえば……おそらくは、そのまま取り込まれる。マルティニアスやタラントたちがゾンビーになってしまったんだとは私は思わない。ただ、なんというんだろう——かれらは、取り込まれてしまっている。いまのレムス側についている連中はみんなおかしくなってしまっている。マルティニアスは若くて威勢はいいけれども、決してそんな無茶なやつでも、話のわからない男でもなかった。ちょっとでも理性で考えれば——理性がちゃんと働いていれば、わかるはずだ。レムスの出す命令の理不尽さが。また、パロにおいて、このパロにおいて聖騎士団が護民騎士団や国民たちに剣をふるうなどということが——また、それを当の国王が命じる、ということがいかに異常かということが。——それがわからなくなっているということは、マルティニアスたち、クリスタル・パレスにとどまっているものはすべて、その命令の正当性や異常性を判断するだけの知能を奪われているんだと私は思うよ」

「それは……お考えのとおりだと存じますが」

「そう、そう考えるほかに、マルティニアスたちのやっていることを説明する方法はない。……マルティニアスとてもパロの聖騎士伯としての義務と崇高な愛国心にかけては人後におちぬ男だった。その彼が、有無をいわさず——護民騎士団はまだしも、何もたいした武器ももたぬパロの国民、同胞たちに剣をむける。またその命令を、マルティニアス麾下の聖騎士たちが唯々諾々としたがう。——聖騎士団こそは、それがもしおかしいと思えば、パロのためにならぬと思えば、国王そのひとの命令にさえ従わぬ、ただひたすらパロのためにこそいのちをささげる、ということによって、《聖なる》騎士団、ということの世でもっとも貴い名前を名乗ることを許された至高の正義の戦士たちだったのだ。……その聖騎士団がパロの国民にキバをむく……そんなことはこれまでのパロの栄光ある長い歴史にひとたびだってありはしなかった。——みんな、取り込まれてしまったのだ。そう、いったん私の目の前で惨殺されたにもかかわらず、ぶきみなゾンビーとしてよみがえってきて二度目の死を死んだオヴィディウスをもっともはっきりとした象徴として」

「ベック公が、もし無事にお戻りにならなかったら……」

「ベック騎士団とそしてベックに与えられた聖騎士団すべてにたいする権限がみなレムス側のものになってしまうだけのことだ。それは最初から考えにいれてなかった不利なわけじゃない。ベックがこちらについてくれるか、くれないか、それは私にとっては、このたびの反乱のカギをにぎる——カラヴィア公の帰趨とともにね——一番の重大な問題だった。だが、ベックは、私のいうことを信じなかったわけじゃなくて——確かめるためにクリスタル・パレスへいってしまった。その気持もわからないわけではない。私のいうことがどれほどとてつもなく、どれほど信じがたいかはよくわかる。だが——もうたぶん、ベックは戻ってこないよ、ヨナ——もとのとおりのベックに会えるのはいまがさいごだと私は、ベックを送り出しながら思っていたよ。そして以前にもまして、『このままにするものか』という思いを——決意をかためていた。このままいったら、どんどんパロの重臣たち、有力な武将たちはマルティニアス同様取り込まれてゆく。そして、二度ともう、もとのかれらには戻れないのだ。運よく脱出し、私につくことのできたものたちだけをのぞいて、みなキタイのあやしい怪物たちに作り替えられてゆく——リュイスでさえ、それにくらべたら運がよかったというべきなのかもしれない。もしこのあとゾンビーにされずにずっとやすらかな永遠の眠りを許されるようだったらね」

「御命令をいただいて、王立学問所は危険で戻れませんでしたのであまりたくさんの資料はありませんでしたが魔道師ギルドの資料室とこちらにきてからジェニュアの資料室をかりて、魂返しとゾンビーをあやつる秘術についていろいろと調べられるだけ調べてまいりました」

ヨナは云った。

「それで、わかったことだけはこの書類にまとめてございますが、私も本当の魔道師ではないので、正直のところ魂返しの術をふせぐ決定的な強力な方法を発見することはできませんでした。ただ、ナリスさまがおおせになったとおり、この魔道は、大掛かりで非常に衝撃をあたえますけれども、それにかかるエネルギーの大きさも非常なものであり、またそれだけ力を使っても動かせる死者の人数はそれほど多いというわけではありません――まあ、むろん、念動力でただ動かすだけならばもっと簡単ですが、じっさいによみがえらせて、といいますかかりそめの偽りの生命をあたえて自分で動くようにさせるのはかなりたいへんです。……それに、それをあやつっている魔道師を倒せばそれらのゾンビーは簡単にたおれます。……最大の効果は、生きている人間たちを意気沮喪させ、あるいはすでによく知っていたり愛着をもっていた死者にむかってこられて戦意を失わせるという効果です。……それですから、私からこの魔道戦法に関して申上げられることは、いますぐ全軍に指令を出してこの魂返しの術についての知識を徹底させ、かりにかれら――お味方の軍のものたちがよく知っていたり、敬愛していた死者がゾンビーとなってむかってきても、それはそれとしてきっぱりとその本当の救済となる永遠の眠りのためにそのゾンビーにあえてたちむかうことだ、という知識を、わが軍にゆきわたらせることだと思います」

「それはまさしく私もそう思っていたよ。よろしい、それはすぐにでも手配しよう。正直、私もオヴィディウスがよみがえってあらわれたときには、心臓がとまってしまうかと思ったものね。――確かに、この魔術は効果がないとはとてもいえない」

「しかし、その見た目の派手さに比べれば、それほど敵の戦力を増大させるわけではありません。――これはキタイの竜王のとる戦法の特徴です。これまでのもろもろのいくさやりかた、またナリスさまへの恐喝のしかたなどを分析してみますと、たしかにキタイの竜王はきわめて大きな力を――現実の力も、魔道の力も持っているのは間違いありませんが、しかしじっさいの力よりもつねにもっと大きな力をもっている、とみせかける戦法をとりつづけるのを手にしているように思われます。――あの《竜の門》ですが、これらは二回、つまりアルカンドロス大広場と、そしてジェニュア街道にあらわれました。最初のときには二百騎近い大勢があらわれ、アムブラの民を虐殺しましたし、ジェニュア街道では十騎ばかりでしたが、このようなものを想像もしていなかったわれわれの軍を非常におどろかせ、心胆を寒からしめました。が、アムブラの民はたしかに仰天しましたがそれ以上に、アムブラの民ですから老若男女いりまじっていていわゆる軍勢ではありませんし、その男たちもただちに戦うというかまえで完全武装していたとはいいがたい。ナリスさまのお話をうかがおう、聖王宮の出かたをみようというので集まっていた群衆だったのですから。――かれらはその無力な群衆をこそ容赦なく虐殺しましたが、ワリス侯軍があらわれ、つまり決死の覚悟をかためた聖騎士団が登場するやいなやさっとヤヌス大橋をわたって消え失せました。また、ジェニュア街道でナリスさまの軍のまえにあらわれたときには、グラチウスがあらわれて非常にかんたんに《竜の門》の竜頭の騎士たちを退治ています。つまり――」

「……」

「かれらはたしかに非常にぶきみな外見をしておりますし、最初に見たものは誰でもどぎもを抜かれてしまいますが、あるいはそれこそが、そのことこそがかれら——というかかれらをさしむけるヤンダル・ゾッグの最大のつけめではないかという気が私にはするのです。あの怪物めいたすがたに圧倒されて抵抗する気力を失わせること。それが、《竜の門》の持っている最大の効力のように思います——これと、魂返しの術でゾンビーとされた知人たちがおそってくるのとは非常に戦術としては似ています。それに竜王はまず人質をとり、それをたてにとって脅迫してくるということもひんぴんとしています。むろん、これだけで判断するのは非常に危険でもありますが、つまりこれまでのこういう経過をみると……」

「私にもわかるよ」

　ナリスは熱心に身をのりだした。

「つまり、こういうことだ。ヤンダル・ゾッグは、かならずしも全能でもなければ、われわれがそう思わされているほどめちゃくちゃに強力な魔道師だというわけでもない。むろん非常に強力なのは確かだが、本当にわれわれが手も足もでない赤子のようにされてしまうほど強力だというわけじゃない。ただ、そうみせかけて私たちの抵抗をすべてくじこうとしている。……ということは……」

「むしろ逆に、われわれの抵抗にはちゃんとかれらに対して効力があるのだ、ということです。——だからこそ、竜王はありとあらゆる恐喝、恫喝、脅迫、人質、幻想、恐怖などの手をつかって、私たち自身に降伏しなくてはどうにもならないのだと思わせようとしているのだと私は思います。——これまで、ナリスさまをおそっているようすも、うかがったところではすべてヒプノスの、夢の回廊を通ってきている——先日のランズベール城をおそった異次元の怪物は一応本物のようですが……つまりは竜王とても全能ではない。まさしくナリスさまのおっしゃるとおりです」

「私たちはその手にひっかかって、眩惑されすぎていたんだと思うよ——といって、たしかに、彼は私たちに気づかれぬうちに長い時間をかけて聖王宮にワナをはりめぐらした。だから当然、聖王宮のなかでは、彼がその力を存分にふるえるだけのあれこれの仕掛けも完成してしまっているのだと思うけれど」

「そう、ですから、逆にクリスタル・パレスを出てしまえば、私たちはそれほどに無力なわけではない……」

「充分に戦えるということだ。——有難う、ヨナ、ゾンビーについてと同様、《竜の門》についても皆にはすみずみまできちんと情報をあたえて、いたずらに動揺せぬように知識をあたえておくことにするよ。同時にまあ、これは騎士たちなどにはこないだろうが、ヒプノスの術をもちいた攻撃に対してもね。魔道による侵略などというものにはむしろ、パロの騎士たちのほうは、そういうことかとわかってしまえば世界のほかのどこの国の騎士たちよりも馴れているはずだ。予備知識さえあれば、もうこのあいだのようにやみくもに動揺してフイをつかれることはないだろう」

「そうであってほしいものですが。このあともおそらく竜王はどんな同じような《手》をくりだしてきてわが軍をおどそうとするかわかりませんし——それが基本的にはおどしにすぎない、というのはこれまでの経過をみてきての私の考えにすぎないので、もしそうでないことがひとつ出てきたら、それこそ、すべてをおどしにすぎない、と考えて甘くみた側が大失策をしたことになります」

「そのとおりだ」

ゆっくりとナリスはいった。

「とりあえず、私は、こののちベック公の出ようをまちつつ、カラヴィア公代理、アルラン伯爵との同盟に全力をあげるよ。そして、そちらが結論が出しだい、それがよい結論ならばカレニアさして軍を移動させる。そしてカラヴィアをうしろだてとしてカレニアを私の当面の本拠地とし、そこから全世界によびかけてクリスタル奪還のための巨大な流れをおこさせるようはたらきかける。――もう焦るつもりはないし、カレニアに入れば、レムス側もそれなりに兵をさしむけるについてはパロ国民の支持も得なくてはならず、またクリスタルを守る手兵も残さなくてはならぬのだから、いまのように圧倒的な兵力というわけではいられなくなる。またむしろ、《竜の門》だの、ゾンビーだのが国民のまえにあらわれてくれればくれるほど、私としては、私の主張が真実である、ということをパロ国民に信じてもらいやすくなる。――そう、だから、これからさきのもっとも重要なポイントは、無事にジェニュアからカレニアへ移動することが可能かどうか、ということだろうね。それさえできれば――もう、そう簡単におしつぶされはしないですむ。当面サラミス公騎士団がかなり近くにおり、カラヴィア軍も公息アドリアンの釈放を要求してクリスタルに近づきつつある。また――スカールのひきいるアルゴスの援軍も、こちらにむかっているはずだ――それが到着したら、私はカレニアへ転戦するつもりだ」

「それが、よろしゅうございましょう」

ヨナはしずかに頭をさげた。

「なんと申しましてもここはジェニュア、決して籠城のためのいくさにむいた城ではございませぬ」

「そう、それに前にもいったとおり、ここであまり時間をとるとこんどはヤヌス教団の体質が私の邪魔になってくる。カラヴィア軍と連絡がつき、カラヴィア軍と同盟が結べて、そしてスカールがパロに入りしだい私はカレニアへおもむくよ。都をおちるといわれようと、何といわれようと」

「そのときには……御命令の――あの件は、いかがいたしましょうか？」

なんでもなさそうに、ヨナはきいた。

が、とたんにナリスはちょっとおもてをこわばらせた。

「そう……そのことは……」

「私は、何でございましたら、一人残りましてナリスさまの御命令をなしとげてもよろしゅうございますが」

「いや……まだ……そのときじゃない」

ナリスはにわかに煩悶するようすにみえた。そのめったなことでは動揺をおもてにあらわさぬ白いおもてに、珍しい苦悶と逡巡があらわれた。

「それは……そう、どうしたものだろう……だが、そういったところでしかたがない。私は……私にはいまもっと重大な大切な任務があるのだから……」

「古代機械のほうは、放置しておいても、どうやらバリヤーによって、ほかのものたちは近づけぬようではございますから」

ヨナの声はまったく冷静であった。

「これにつきましては、すべて、私はナリスさまの御命令のとおりに」

「そうだな……そう……なにも、私にとっては、はじめてのことじゃない……」

ナリスは辛そうにくちびるをかみしめた。

「あのときも——黒竜戦役で緒戦で負傷し、不本意にも戦場をはなれてマルガへ逃げなくてはならなくなったときにも——断腸の思いで古代機械とはなれていったのだし——それをいうならずっと長いあいだ、マルガで療養を余儀なくさせられていたときには、お前が通ってきてきかせてくれることばでしか、古代機械のことを知ることはできなかった。……ああ、だが、カレニアからさらにもしかしたらカラヴィアにまでおもむいてそこを根拠にするとなったら……本当にクリスタルからすべての敵を追い払い、パロをすべて取り戻すまでは、もう私はクリスタル・パレスに入ることもできないだろう。——こんなことをいっていたら、それをきかれたらまたルナンや——ほかの味方してくれるものたちになんといわれるかわかったものではないね。なんといっても、いまや妻であるリンダさえも人質にとられているというのに、まるでその妻よりもさえ、もっと重大な、もっと大切な人質をとられているかのように、古代機械から遠ざかるのがつらい、などと私がいっていると知られたら……」

「……」

「古代機械――あんなふしぎなものにおのれがどれほど依存し、心のよりどころとしていたのかと思うとふしぎな気がするよ、ヨナ」

「御無理もございません」

ヨナは低く呟いた。

「ほかのものにはわかりますまい。――あの古代機械は、なんというか――この世の奇跡です。私も……ナリスさまにお仕えして、もっともよかったと思ったことは、ただの一学究の身でありながら、あの古代機械にふれさせていただき、本当にこのようなものがこの世に存在していると知ったことでございました」

「その思いを私とわかちあってくれるのは、もうお前だけだ、ヨナ。――ランも、途中からどうやら、さじを投げてしまったようだったからね」

ナリスは淋しそうに笑った。

「ヨナ、笑っておくれ。――なんと私は心弱いのだろう。なんだか誰もかれもが私を去っていってしまう、そんな気がする。――ヴァレリウスも、私をおいていってしまった。もちろん、私のたたかいを勝利にみちびくために苦闘しているというのに、そんなことをここに安閑と――とりあえずいまは多少安全になって安閑と戦いもせずにすわっているだけの私がいったら罰があたる。でも、どれほど私の理性がそう告げても、私の内心は思わずにはいられない——ヴァレリウスはアグリッパを探して発っていってしまったし、そしてリンダは聖王宮に幽閉されている。私の愛した美しいカリナエは破壊され、封鎖されて荒れ果て、私のまわりに長年いて私に仕えてくれたものたちは次々と殺されていった——ダンカンも、ルーも、リュイスも、シリアも……これからも、たたかいがつづけばたくさんの私の親しい人たちが死んでゆき、そして私もまたいつかはそうなるのだろう。おのれがそうなることはおそれはしない——だが、私をとりかこんでいてくれた人々がそうやって死んでゆくのは……あまりにつらい」

「ナリスさま……」

「驚いたことだね！——それなのに私はおのれのことを、とても非情な人間だなどと気取っていきがっていたのだよ。ヴァレリウスがたった二度、私をはなれて——王宮に幽閉されたり、ゆくえも知れぬ旅に出てさえこれほどにからだの半分が欠けてしまったような不安と恐怖にさいなまれるほど弱い人間だったというのに。おのれを知らないにも程がある——私はいま、リュイスがゾンビーになって出てくるのが何よりもおそろしくてたまらない。リュイスはつねに私に本当によくしてくれた。すべてを捨ててつくしてくれた。その彼がゾンビーとして、おのれの心をもたぬまがまがしい死霊として私にむかってきたとき……私には、彼をもういちど殺せ、と味方に命じる勇気があるだろうか？　いっそ、こんな苦しみを味わうくらいなら、その手にかかって苦しみを終わらせてしまったほうがはるかに——とそう思ってしまいはしないだろうか？」

「もう、ゾンビーにつきましては、グラチウスがおりますゆえ、あまり御心配はなさいますな」

ヨナはなだめるようにしずかにいった。

「ナリスさまはまことはとてもお情あついおかただ、ということは、私にはよくわかっております。——ヴァレリウスさまも、必ず戻っておいでになります——首尾よく、目的をはたして」

「お前にゴーラにゆかないでくれ、と頼んだのは、その上もうお前までもいなくなってしまったら、本当にもう私のまわりには——私がともにいたいと望むものがほとんどいなくなってしまう、という思いがあったからかもしれない」

ナリスはかすかに身をふるわせ、おのれをあざけるように悲しそうに笑った。

「私は——こんどのことでとてもよくわかったよ。私には、帝王たるの器はない。私は宰相でただしかったのだ。私は——私はパロ聖王となるにはあまりにも気が弱すぎる、おのれの情愛にとらわれていすぎる。私は帝王にはふさわしくない……なりたくもない。私は——私は、ただ皆に私とともにいてほしかっただけの……かよわいあわれな不安なおさな子だったということがやっとわかったような気がする。……ヴァレリウスがいつも私の本性を幼いがんぜない赤子だ、といっていたのがやっとわかったような気がするよ。……皆がまわりにいて私を包んでいてくれてこそ、私はああして陰謀家然と大きな顔がしておられたのだな」

「陰謀家である必要など、まったくございますまい」

なだめるようにヨナはいった。

「ナリスさまはいまとなってはもう、パロの――いえ、中原の唯一の希望でおられます。私たちがお望みすることもまた、ナリスさまが敵の手におちず、すこやかでおいでくださることだけなのですから」

「ヴァレリウス――ヴァレリウスが無事にかえってくるまでは、きっと私は本当に心のやすまるいとまもない」

ナリスはそっとかぼそい両手をねじりあわせた。

「リンダも――そしてカリナエもね。私の愛するもののすべて……みんな私からもぎとられ、私からはなれていってしまう……その悲しさに私はもううちひしがれてしまいそうだ。こんなことで戦えるのだろうか？――そう思いつつも、だが戦いつづけないわけにはゆかない。誰か私に勇気をくれないか――驚いたことだ。この私がそんなことを祈りたくなるなんて、いったい誰が予想しただろう？　しかも、キタイの竜王といえども全能ではない――そう、お前が力強く保証してくれたいまになって！」

ヨナは低く云った。

「ジェニュアは、まだクリスタルに近すぎます」

「なるべく早急にカレニアにお発ち下さい。そのほうが、私どもおそばの者もなにかと安全です。全能でないといったところで、キタイの竜王が、いまの我々すべての力をあつめてしても簡単にたおすことのできぬ、恐しい敵であるのはまったく確かなことなのですから」

4

「ルード……」

ヴァレリウスは、ふぅっと深い息をついて閉じた空間の結界をほどき、あたりを見回した。

あたりは、ひどく深い森のなかであった。たけ高い、濃いみどりのとげとげした葉をもつ木々がびっしりとおいしげり、そのあいだに、下生えがこれもびっしりとおいしげっている。そのあいだから、木々にからみつくようにして奇妙なかたちの赤みがかった葉をもつ太いツタがうねうねとはいのぼるように生えている。

そのたけ高い木々の足元のところどころに群生しているのはヴァシャのしげみであった。とげだらけの葉と、つやつやした真っ赤な実をのぞかせているのですぐそうと知れる。その葉の上を真っ赤な輝く宝石のような小さな目をしたトカゲがすごいすばやさで走りすぎてゆく。

「これが、うわさに高いルードの森か……」

ヴァレリウスはふかぶかと、用心しながら森の空気を吸い込んだ。昼なお暗いルードの森の、これはどのあたりにあたるのか、しんとしずまりかえって人っ子ひとりの気配さえしない小昏い森の梢のほうで、突然バサバサと音がして鳥がとびたち、甲高い、ぎょっとするような——人間の女が悲鳴をあげてでもいるかのような鳴き声が飛び去ってゆく。

「こりゃあ、なかなかのもんだな……なかなかな瘴気がいやってほど、うずまいているじゃあないか……」

「おっさん、ルードの森ははじめて？」

にゅっとヴァレリウスの足もとにからみつくようにしていた、白い小さな蛇みたいなものがのびた。そして裸の人間のすがたになった。

「オッサンというんじゃない」

ヴァレリウスは憤慨した。

「俺はまだ若いんだ。ここまで連れてきてやった恩義も忘れやがって」

「あんた、だんだん、口のききかたがグラチーのじいさんに似てきたよ。どうしてだろうなア、魔道師だのって、どうして、しばらくおいらといるとみんな同じような口きくことになるんだろう」

「それはお前さんが同じへらず口をみんなに叩くからだよ。それになんだい、ワルド山地のアジトにいるときより、ずいぶん態度がでかくなりゃがったな。あのグラチウスの結界からはなれたと思って。それが本性なのか」

「まーね」

淫魔のユリウスは、へらへらと笑いながらあたりを見回した。その目はなぜか真っ赤に燃え上がっていて、まるでそのへんをかけぬけてゆく小さなムカシトカゲの目みたいだった。

「ああー、おいら、この森好き」

ユリウスは両手をのばして深呼吸し、ふかぶかと胸一杯にルードの森の、瘴気をはらんだ空気を吸い込むようにした。

「たまんねーな。この、悪くさい空気。魔物と、魑魅魍魎と、それにグールと、それにありったけの蛇だのサソリだのナメクジ《ニュール》だの人間どもにいみきらわれる連中のにおいでいっぱいだ。いいねえ」

「あんたにゃ、この森は似合いだろうともさ」

ヴァレリウスはうけあった。そして、ひょいとからだを空中に浮かせてルードの森の全体を見下ろそうと梢の上へ浮き上がった。すかさず、ユリウスがついてきた——だが、きわめて横着なついてきかただった。足は地面につけたまま、ヴァレリウスと同じ高さまで、細長くのばした麵の生地みたいにのびあがったのである。

「ほう……」

ヴァレリウスは目をほそめて、ルードの森の全景を見渡した。

全景とまではゆかなかったかもしれぬ——だが少なくとも確実に半分くらいは見渡せた。だがどこまでいっても同じだった——どこまでもどこまでも続いている深い森。

そのあちこちから、魔道師のヴァレリウスの目には、あやしい瘴気のかたまりがたちのぼったり、さらにあやしいぞわぞわとする魔気だの、またその下に池かなにかがあるらしい水気だの、いろいろな《気》がたちのぼっているのがみえる。その意味では、ヴァレリウスにとってはルードの森はちっともしずかなところでも、無人のところでもなかった。いまはまだひるまだからそれほど魑魅魍魎どもがあらわれてきているわけでもないが、いたるところに実にさまざまなものの気配があった。

「なかなか、にぎやかなとこだ」

ヴァレリウスはすっと地面におりてきながら評した。

「あんまり、ここで夜を迎えるのは歓迎しないな。といって、そうきてすぐたちまちに目的地につけるようなことだったら、それこそ誰も苦労しやしないんだろうけど」

「お師匠じじいは、とにかく結界をうぃーーんとひろげてみて、その結界がぶつかるところまでいってみることにしてたらしいよ」

ユリウスが面白そうにうねうねととぐろをまいておりてきながら云った。いったん限界まででひきのばして細長くなってしまったからだを、こんどはまるで縄みたいにまきながらつみあげていったのである。

「あんたもなあ、なんだってそう四六時中妙な格好をしてなくちゃ気がすまないんだ」

ヴァレリウスは呆れてがみがみいった。

「そう魔力を無駄づかいしてたら、いざというとき、何もできやしなくなるぜ。それとも、古代生物なんてものは、そんなに魔力のあるものなのか」

「そんなことないけどさ。ねえ、なんか見える？」

ヴァレリウスがこんどは地面に耳をおしつけ、手のひらをつけて、地面のざわめきを《聞こう》としているのをみて、ユリウスは興味ありげにまたにゅーっとのびてきた。

「ああ、いろいろな。邪魔しないでくれ、淫魔君」

「なんだよ、ひでーな」

「ここから北東の方向にかなり大きな湖というか、池がある」

ヴァレリウスはゆっくりと地面から手のひらをつけたりはなしたりしながらつぶやいた。

「その池のほとりになんかとても強い瘴気が集まっている。——あまり、近づきたいわけじゃないが、いってみたほうがいいんだろうな」

「いきなりブチあたって平気なわけ？　もしそれがアグリッパじいじの結界だったら、それこそあんた、ぶつかった瞬間に、『シュゥ〜〜〜』って消されちゃうんじゃないの？　水かけられた火みたいに」

「かもしれんが、まあむろんだからそれについてはこちらも予防しながら近づくさ」

ヴァレリウスはいくぶん不安でないこともなかったが、この淫魔あいてに弱味をみせる気持はかけらもなかったのでむっつりと返事した。

「それに、せっかくグラチウスがつけてくれたんだから、あんたも手をかしてくれ。あんたのほうがそういう意味じゃ、近づきやすいはずだ。俺はなんといっても白魔道師の気配をありったけぷんぷんさせてる——たとえどれだけ気配を消してもアグリッパくらいの魔道師になったらわかっちまうだろう。あんたなら、魔道師の気配じゃないから、かなりヤバいとこ

「ち、お師匠じじいとおんなじこと、いいやがるな」

 ユリウスはばかにしたようにふわふわと舞上がった。そして、梢の上まで舞上がったと思うとまたふわふわと下りてきた。

「あの先にはあんまり楽しくなさそうな池があるよ」

 ユリウスはニヤニヤしながら報告した。

「その池のまんなかくらいに石の——あれは何なのかね、島みたいなもんだけど、神殿なのかね。ちっちゃなもんがあるけど、あれはたしかにひとが作ったもんだね。あれがアグリッパのアジトの入口だったら、あんなに目立っちゃしょうがないケド。——でもまあ、いくら目立ったって、こんなルードの森の一番奥の奥までやってくる酔狂なやつなんて、おいらたちくらいなもんだしね。たいていのやつはもっとまっすぐルードの森をつっきって、ノスフェラスへ出ちゃうだろう。ケス河のほとりへ」

「よくもまあ何も知らないとはいいながら、モンゴールはこんなとんでもない辺境にまで砦を作ったもんだな。ずいぶん大勢の犠牲者を出しただろうにな」

 ヴァレリウスは感心しつつ呆れて云った。

「まあ、モンゴールは魔道とはあまり縁がないからできたんだろうな。俺たちじゃあ、こんな、土のひと粒ひと粒から魔物の気配がたちのぼるような土地、とんでもなくてとても——いくら辺境の守りといっても、とてもここまで領土をのばそうなんて思わないだろうに」

「モンゴール人にとっちゃ、ノスフェラスからセム族がせめてくるほうが、大変な問題だったんだ」

わけ知り顔にユリウスがいった。

「それに、モンゴールが砦を作ったのは、ツーリード、タロス、アルヴォン、スタフォロス、ユディトー、大体ケス河ぞいだからね。ケス河もなかなかな河だけど、大体が水のあるとこには、本当にヤバいもんはいないんだよ。それはあんただって知ってるだろう。むろん水妖や水魔はいるけど、そっちはせいぜい悪さするといっても人間を溺れさせるくらい、生きた人間をとってくらったりするグールみたいなのはいないしね。でも、一番恐しいのってのは、なんたって、生きた人間だとおいら、思うけどなあー」

「きいたふうなことをいうじゃないか」

ヴァレリウスは決心して、すいとまた空中に舞上がった。

「ここは場所でいえば、どのへんなんだろう。——あの呪われたさいごをとげたというスタフォロス城がけっこう近いんじゃないか。ということはもう、本当にケス河をわたればノスフェラスなんだな。ううむ、どうもこの森の空気はあまり……」

「魔道師にとっちゃ、なかなかつらいとこだよね」

ユリウスはあいそよくいった。それからわっと叫んでひっくりかえった。ふいに、目のまえから、巨大な吸血ヅタがのびてきて、ユリウスにまきつこうとしたのだ。

「なんてやつだ」

その、ぶきみな血のような色あいの葉っぱをふりたてて迫ってくるツタをひきちぎって放り出すとユリウスは怒った。

「こんな偉い古代生物の淫魔さまをエサにしようなんて、馬鹿にもほどがある。……さすがにしかし、上級魔道師ともなるとアンタの結界もそれなりなんだね。なんも、アンタには近づかないもんな」

「このていどの魔の森くらいで邪魔されていたんじゃ、俺の役目はつとまらんのさ」

ヴァレリウスは横柄にいうと、そのままユリウスをひきつれて、さいぜん気配を感じ取った森の奥の泉――それとも池のほうへむかっていった。

「これはすごい。近づくにつれてどんどん瘴気がつのってきた」

「水妖もいるなァ。でも、そんなにすげえ、悪気は感じないけどなあ、おいら」

「まあ、あんたは淫魔だからね。いってみればお仲間どうしみたいなもんだから……なんだ、これはッ」

ヴァレリウスははっとなって、突然目のまえにひらけた光景を見つめた。

森は突然、何の前ぶれもなくとぎれて、そこにぽかりと、妙に毒々しい真っ青な色をした小さな池があらわれていた。小さいけれども、その奥は、これまた小さな滝のようになって、どうどうと白いあぶくをあげる水がそそぎこんでいる。そのうしろはたけの低い崖だ。だがそんなものがあるという気配は、そのすぐ近くにくるまでまったくなかったのだ。

小さな池のまんなかには、いったん両側に壁のようにそそりたってから、そのまんなかが池の底のほうにむかっておりているらしい、石の階段のようなものがあった。ルードの森は確かに人跡未踏ともされているし、非常にぶきみな辺境の魔境ともされているが、それでもそこにわけいったモンゴール軍が長い年月ののちにいくつもの辺境の砦をきずき、そこに大勢の辺境警備隊をおいているし、それとセム族との攻防などもくりかえされてずいぶんとルードの森もひらけてきた。ナタール大森林のように、まったく人間の足をふみいれたこともない秘境、ということは、さすがになくなってきている。もっとも夜のルードの森はまったく別で、これはそれこそ魔物とグールと魑魅魍魎と死霊との好き放題跋扈する見捨てられた土地だ。

「だが、こんなモノがあるなんて話は、魔道師ギルドの資料だってきいたこともねえぞ」

ヴァレリウスはつぶやいた。思わず、手がのびて魔道師の護符をまさぐる。

「えらく古いもんだな、この階段は……それにとても妙だ。この池のなかにあるのに、ちっ、とも濡れてるようにみえない」

「そりゃだから、そういうモンなんだろう」

ユリウスが無責任にいった。それから、ヒョイと池のなかに首をつっこもうとした。あわてててヴァレリウスはとめた。

「おい、よせ。この水の色だって……あまりにもあざやかすぎる。飲むんだったら、どうなるかわからんぜ」

「飲むんじゃないよ」

ユリウスはいうと、ひょいと手をのばして水を手にすくいあげた。それから、クンクンとにおいをかいだ。

「とりあえず、色はすげーけど、水は、水だわね」

重々しげにいうと、すいと水のなかに触手のさきをすべりこませる。だが、いきなりわあと叫んでひっくりかえった。

「わああ、き、気持わるい。水が食いついた。た、た、助けて」

「だから、そういう無鉄砲な無警戒をするなといってんだろう」

ヴァレリウスはぶつぶついいながら、青い水にとっつかまってじたばたしているユリウスをひきずりよせてやった。魔道の印を結んで水に投げつけると水はぴたりとユリウスをはなして、まるでそれ自体が生命があるかのようにぬらぬらと後退してゆく。異様に青い、ゼリーみたいな質感のある水だ。

「わあ」

たまげたように、ユリウスは自分の手のさきを見つめていた。

「水に手を食われた。くそ、人食い水だ」

ユリウスは罵りながら、触手のさきをのばしてひょいと手のかっこうに作り直した。

「まるで火につっこんだみたいだったぜ。最初はただの水にみえたのに、すくったときには」

「それがやつの手だったんだろうさ。ふむ……」

ヴァレリウスは注意深く水辺に寄って、そっとひろった木のさきで水をつついてみた。たちまち青いゼリーがのろのろともちあがってその木に寄ってくる。

「こりゃ、その階段が濡れてないのももっともだよ。この水は、水にみえるけど水でもなんでもない」

「じゃ、何だい」

「ま、水の格好をした化け物ってとこかね」

「水魔だよ。これは、エンゲロンの水魔」

「知ってるんじゃないか」

「アンタを試したのさあー」

ユリウスは平然というと、にくらしそうに水のなかに拾った石ころを投込んだ。

水魔のたてたさわぎはたいへんなものだった。たちまち、ぶつぶつとしずかだった水面が波立ち、そして青いゼリーが激しい敵意を示してもちあがった。敵意と怒りと瘴気とが、湯気になってヴァレリウスたちにぶつかってきた。

「よけいなことをしなさんなよ」

怒ってヴァレリウスが云った。

「これがアグリッパの結界だったらどうするっていったのはお前さんじゃないのか」

「けけーだ。アンタだってそうじゃねえこともうわかってるから木の枝でつついてみたりしてるくせにさ」

「ったくもう……」

だがユリウスのいうとおりだったので、ヴァレリウスはむっとしながら、これからどうしたものか考えこんだ。

「あの階段をおりてみないのかい、おっさん」

ユリウスが挑発した。

「なんか、魔道のにおいがしてるよ。アグリッパじゃないだろうけど、この気配はかなり力のある魔道師だと思わん？」

「それは思う……それは思うが……それにしてもちょっと……」

「それにこれは……黒魔道師のにおいじゃないよ、おっさん」

「だからそのおっさんというのをやめなさい」

怒ってヴァレリウスは云った。いいながらも、そろりそろりと感覚の触手をのばして、その池の上にむかってさしのべ、おのれの超感覚のレーダーをひろげてその池の奥深くを透視しようと精神を集中する——が。

それがまだ何の像もむすばぬうちだった。

（やれ、やかましい。いったい何用あってあらわれた何者だ）

まるで、古い大昔の吟遊詩人のうたう神々の時代のサーガのように——

のそりと、池の階段のなかからのぞいたもの。

ヴァレリウスは大きく目を見開いた。

「お前は……」

「わあ」

ユリウスが、仰天したように悲鳴をあげた。

（このわしのしずかな観相と眠りをさまたげ、おろかしいさわぎでわしの耳もとでがなりたてる愚か者は何者だ？　ややや、そやつはこれまた珍しい古代生物の生き残りだな）

いんいんと頭のなかじゅうにひびきわたるような心話をひびかせながら、池のなかからあらわれたものは――

巨大な――まるで冗談のように巨大な顔であった。

正真正銘の頭部だけだ。首から下もなにもない。その巨大なのっぺりとした髪の毛もない顔が、ぬうーと階段のあいだからあらわれたのだ。その顔のまんなかにぶきみな巨大な目がひとつ。そしてその下にほとんど穴にすぎない鼻と、そして横にひろがった口。

だが、ヴァレリウスはこの異形をじっとただ眺めているだけであった。ヴァレリウスとて魔道師である。それが、まったく現実のすがたではなく、侵入者をおいはらうために結ばれた映像にすぎない、ということは、ヴァレリウスにはすぐわかったのだ。たしかにしかし、この深いあやしいルードの森のまっただなかで、こんなしろものが池からぬっと出てきたら、たいていの人間は腰をぬかすか失神するか、あるいは恐怖のあまりそのまま逃げ出してしまうにちがいない。

（おやあ？）

その巨大な顔はだが、ひとつ目をぱちくりしながらヴァレリウスを正面からねめつけた。

(そちらにいるのは魔道師だな。魔道師くさいぞ、魔道師のにおいがするぞ！　魔道師が近づいてよいところではないぞ。ここはルードの森の王、支配者にしてすべてのグールの皇帝たる、ゴーゴンゾーの宮殿なのだ！)

「ルードの王、ゴーゴンゾーだって……」

ユリウスがいくぶんけおされたようすでヴァレリウスをふりむいた。

「きいたことある？　アンタ」

「ないね」

ヴァレリウスは低く心話を送り込みながら、ユリウスなどには何の注意も払っていなかった。

「そもそもルードの森のグールに皇帝がいるなんて話もきいたことがない。だが油断しなさんなよ、淫魔君。この化け物、なかなかの術者だぞ」

「首から上しかない奴なんてなんもできやしないじゃないかよ」

不服そうにユリウスがいった。だがちょっと気味がわるいらしく、いつのまにか、にょろにょろとヴァレリウスのうしろに這い込んで、ヴァレリウスをちゃっかりと盾にとってしまっている。

「なんだと、無礼な淫魔めが」

ゴーゴンゾーと名乗る妙な怪物の口がくわっと開いた。同時にその目がかっと燃えた。つるりと長細い楕円のボールのような怪物の頭部が、まるでそこから生えてでもいるかのように青い池のまんなかの石段の上にのっているのは、なんともぶきみながら珍妙な眺めであった。

「知っているぞ、知っているぞ！　そやつは、古代カナンのたちの悪い淫魔族のさいごの生き残りだな。おのれはたいしたこともできぬくせに、きわめてしぶとく、その上に淫行を通じてひとのエネルギーを吸い取り、それによってさんざんな悪事をはたらくのだ。あまりにも性が悪かったので、ついに古代の偉大な魔道師たちによって退治られ、絶滅させられてしまったカローンの淫魔族だろう。まだ生きていたとは笑止千万、さっそくこのゴーゴンゾーが退治てくれようぞ」

「なーに、いってんだい、首のバケモノ」

　怒ってユリウスがヴァレリウスのうしろから顔をつきだして舌を出した。おそろしく長くて真っ赤な、猥褻な、例の舌である。

「手も足もねえくせに、いったいどうやっておいらを退治られるっていうんだよ。そんな、きいたこともねえようなトロい化け物にやっつけられるほど、おいら、とんまじゃねえぞ。やれるもんならやってみろ」

「おお、やってやろう、淫魔の小僧」

　いきなり、ゴーゴンゾーの口がかっと開いたと思ったとたんに、そこからぼうっと真っ赤な炎がユリウスとヴァレリウスめがけて殺到した。ヴァレリウスは顔色ひとつかえずにその炎の真正面に立ち尽くしていた。結界がヴァレリウスを守っていた——それほどべつだんそうしたいわけでもなかったが、ついでにそのうしろにあわてて逃げ込んだユリウスをも。ヴァレリウスは眉をしかめながら、じっと怪物を見据えていた。

「小癪な」

ゴーゴンゾーのひとつ目がまた怒りにもえたった。こんどはそのつるりとした額にぐぐ——と、突然たての裂け目があらわれ、それが開こうとする。

「さあ、さっさと立ち去れ。いまならこれまでで許してやる。だがこの竪眼が開いたらもう何者もこのゴーゴンゾーをとどめることはできぬぞ。恐しくないのか、そこの魔道師。おのれの力で受け止められるようなパワーではないぞ。さあ、いまのうちなら許してやる。とっととここから、いやルードの森から立ち去るのだ。ルードの森はゴーゴンゾーの領域なのだからな！」

怪物は威嚇した。ゆるゆると、裂け目が開いてそのあいだから、たしかにすさまじい殺気をほとばしらせる巨大なもうひとつの目があらわれる——

その、刹那だった。

「思い出した」

ヴァレリウスは叫んだ。

「どうも、確かにこの……この《気》の流れ、力……絶対に、昔、魔道師ギルドの教科書で勉強した認識パターンだ、と思っていたんです。……あれだ。あなたは、あの人だ。かの有名な……ご老体、御心配なさらないで下さい。いや、御心配なさるのも無理はないが――こやつは、この淫魔は、これはどうでもいいんです。たしかに〈闇の司祭〉グラチウスの乾分ですが、いまのところは私の連れです。それに、グラチウスはいま……もうご存じかもしれませんが、白魔道師連盟と一時的にせよ手を結ぶという誓約をかわしたのです。御心配はいりません。私は白魔道師です。ドール教団のものじゃありません。黒魔道師でもありません。ご老体――イェライイシャ老師」

第三話　イェライイシャとヴァレリウス

1

「おいッ、オッサンっ。どうでもいいって、どういうことだよッ」

　ユリウスは怒ってぎゃーぎゃーいった。だが、ヴァレリウスはユリウスの憤慨になど、何の注意も払わなかった。

「そうでしょう。あなたですね——《ドールに追われる男》だ。イェライシャ老師だ。お目にかかれて光栄です。私は——私はパロ魔道師ギルド、カロン大導師の下にて……」

（パロの魔道師宰相ヴァレリウス上級魔道師）

　ちょっと、ゴーゴンゾーは、どう答えたものかと迷うように沈黙していた。

　それから、ふいに、そのひとつ目が眠るようにとじたかと思うと——《竪眼》のほうはその前にとっくにもうとじてしまっていた——奇妙なことがおこった。ゴーゴンゾーがそのまま階段の下の穴ぐらへ吸い込まれるように消えていってしまうように見えたのだ。そして、かわりに、心話だけがヴァレリウスの脳に入ってきた。

(ああ、あんただったのか。……あんたなら、いっぺん会いたいとは思うておったよ。つまらんこけおどかしをしてすまなんだな。そんな、グラチウスの気配をぷんぷんさせている淫魔など連れているからだ。あんたなら問題ない。そこからここへ入りなさい。むろんその淫魔は駄目だ)

(おお、それは願ってもない。では失礼させていただきます。イェライシャ老師)

ヴァレリウスはひそかなたかぶりを覚えながら、ひょいと池の上に舞上がった。ユリウスがまたぎゃーぎゃー叫び出した。

「ちょっと、アンタ、どこへゆくのよッ。アタシをおいてどこに一人でゆくつもりなのッ」

「急にクムのおかまみたいなしゃべりかたになるんじゃない」

ヴァレリウスは苦笑しながら、

「すまないが、淫魔君、俺はちょっとこの池の主と会談してくる。あんたは入れないんだ。あんたはグラチウスの弟子だからな……ここで待っててくれ。あんたなら、べつだん、ルードの森のグールにとって食われる心配もないだろ」

「おい、ちょっと待てったら。なんだって……おいらをこんなとこにおいてっちゃう気なのかいっ。そんなのないよ、だっておいら……」

まだぎゃーぎゃーと騒いでいるのを無視して、ヴァレリウスはすいともう何のおそれげもためらいもなく、池のまんなかへ身を浮かせてゆくと、そのままそのふるびた石の階段を、足を使わずにすべりおりた。なかは、石づくりのけっこう天井の高い神殿のような柱のたくさんある建物になっていた。ヴァレリウスが入ってゆくなり、頭上の石段の上に青いぶきみな水がぬらりとおおいかぶさってきて、あとかたもなくその石段を《水》の底にのみこんで隠してしまうのがヴァレリウスに感じられた。

「なんと……」

ヴァレリウスは物珍しそうにあたりを見回した。

魔道師のヴァレリウスには、とてもよく馴染んだ、というか、いごこちのいい空気が、かわいてまったく水の底にいるなどという感じひとつしないその石づくりの洞窟のなかにただよっていた。それはグラチウスのワルド山地のアジトにも同じように漂っていたものではあったが、グラチウスのは黒魔道師ゆえ、どうしても白魔道師のヴァレリウスには馴染みにくい、ドールの異教の落ち着かなさがともなっている。だが、この洞窟のほうは、高い天井にも、そこからつりさげられている無数のまじない車やまじない棒、さまざまなまじない道具を結びつけてあるまじない紐など結界を強化するために使われる見慣れた道具のひとつひとつにも、ヴァレリウスがとてもよく見知っているものがたくさんあって、それらがいっそうヴァレリウスにとってはいごこちのいいくつろげる空気を作り出していた。

空気には、独特の香と没薬がたきこめられているにおいがした。そして壁にぎっしりとはりめぐらされた、きわめて強い結界を張るための絵やまじない文句を書いた紙、そしてその一番奥のところに、大きな背のたかい椅子がおいてあって、そのまえに大きな机があり、そこに一人のやせて長身らしい老人がすわっていた。白いひげとうしろでゆわえた白い長い髪、そして魔道師の道着とされている黒い長いトーガをまじない紐をよりあわせた縄ベルトでむすんで、首からもいろいろなものを下げている。どこか奇妙なくらい、ヴァレリウス当人にもよく似たところのあるいでたちだが、それも当然といわなくてはならなかった。かれらは、同じ白魔道に属する魔道師どうしだったのだから。ただ、その椅子にかけている老人のほうが、ヴァレリウスよりどう少なくみても五十歳は歳とっているようすにみえた。顔は痩せて、だが目は若々しく澄んでおり、一種神々しかった。

「あんたのことは知っておったよ」

おだやかに、老人が云った。こんどは心話ではなく、口をひらいていったのだ。あごから胸もとまでものびている長い真っ白なひげが、つやつやとランプのあかりをうけて輝いていた。

「なかなか、苦労しておるようだな。が、わしはこのところもうずっと、少々別の方向にかまけておったので、地上の出来事にはあまりかまっておらなんだ。グラチウスと白魔道師連盟が結託しただと？　それはまたばかげた話をきくものだ。わしが知っていれば、必ずとめに出ただろうにな。やはり、あまり地上のことから目をはなすのはいかんようだな」

「あらためて御挨拶させていただきます、老師。私はパロ魔道師ギルド、カロン大導師の弟子上級魔道師サラエムのヴァレリウスと申すもの」

ヴァレリウスはきっちりときまりどおりの魔道師どうしの挨拶をして、かるく頭をさげ、ルーンの印を胸もとで結んだ。

「《ドールに追われる男》としてその名もたかきイェライシャ老師にはからずもこうして直接お目にかかるの栄を得、これより嬉しいことはございません。名高き魔道師にお目にかかれるのはつねにわれら魔道師のもっとも光栄とするところ。――まだまだ老師の足元にひざまづかせていただく値打ちもなき若輩者ではございますが、何卒こののちは先達としてお教えをたまわりますよう」

「丁寧な御挨拶いたみいる、上級魔道師サラエムのヴァレリウスどの」

イェライシャはかすかに温顔をほころばせてこれもルーンの印を切ってこたえた。

「これは《ドールに追われる男》の名をもって知られる魔道師、ハイナムのイェライシャなるもの。そのかみはドール教団を創設し、ドールの徒として黒魔道をきわめておりしが、はからずもヤヌスの思し召しにより回心を得、そののちは白魔道師としてドール教団にそむき、ドールに追われる身としてこんにちにいたる。つまりはわしもそこもとも同じヤヌスのみ教えをうけつぐ白魔道師、こののちもよしなに」

「恐れ入ります」

ヴァレリウスはほっと肩で息をついた。

「このようなところでイェライシャ老師御当人にお目にかかれるとは……私の命運もいまだヤヌスは見捨てたまわず、とのあかしでございましょうかと。――イェライシャ老師は、それではこのような地にいくひさしく……」

「まあ、すわりなされ、かけなされ。そして、茶でも一杯」

イェライシャはぽんと手を打った。するときよらかに掃き清められた床の地中からむくむくとキノコのようなかたちのものが出てきて、それがたちまち大きな椅子のかたちにまでふくれあがった。イェライシャはそれをヴァレリウスにすすめた。ヴァレリウスはおそれるようすもなくそれに腰をかけた。するとたちまちその椅子はヴァレリウスのからだをすぽりとつつみこむようなぐあいに、とても具合よくからだにそうて背もたれごとヴァレリウスを受け止めた。

「これはしたり、おぬしは何やらだいぶん弱っているようじゃな」

イェライシャは云った。そしてまたぱちりと指を鳴らすと、こんどは、空中から突然長い手があらわれたが、その手には、うやうやしげに銀の杯が捧げられていた。こんどは銀の水さしを持ったもうひとつの手が空中からあらわれて、その水さしのなかみを杯についだ。それから杯を持った手はヴァレリウスの前にそれをさしだした。

ヴァレリウスはありがたくおしいただいた。イェライシャはほほほほと唇をすぼめて笑った。

「これはわしの配合だが、魔道師のパワーの回復には何よりのものだよ。さ、おあがり。何も悪いものは入っておらぬ」

「これはかたじけない。こうまでしていただきましては……いや、実のところ、少々事情がございまして、ずっとかなりいためつけられておりましてな。ようやくそれから逃げ出したものの、それがグラチウスの手びきの上、そのあとしばらくグラチウスの洞窟にいたり、グラチウスがくれた魔薬を飲んだりしておりましたもので……なんといっても、黒魔道の薬では、私たちには、かえって毒みたいなもので」

ヴァレリウスはいかにも嬉しそうに杯を唇にもっていって、それでも一応注意深くなかみをたしかめ、においをかぎ、魔道のまじないをとなえてから、それを勿体なさそうに少しづつすすった。そして深い息をついた。

「おお、生き返るような心地がいたします。——あの恐しいパロの魔宮となりはてた聖王宮でさんざん拷問をうけてから、ろくろく休養する暇もないままに、なんとか魔薬でからだをもたせながらここまできてしまったのですよ。そのあいだにつなぎになっていたのは、ですからその黒魔道の秘薬ばかりで……この洞窟の空気も、没薬のかおりも、それに何のエネルギーも使わなくてよいことも——結界をはるためにですね……それにこの秘薬も……私にとってはまさしく、いま一番求めていたものばかりで……」

「ここでしばらく休んで力をつけていったらよかろう」

イェライシャは親切にいった。

「そしてわしにグラチウスのたくらみについてきかせてくれることだな。グラチウスとわしとはつねに仇敵どうしだった。なにしろわしを五百五十年の長きにわたって監禁し、幽閉し、地獄のうき目にあわせてきた、ドール教団の黒幕ではあるしな。わしはきゃつにはうらみ骨髄だ。もうちょっと、おぬしが気づくのが遅れたら、あの淫魔の漂わせるグラチウスのにおいに激昂して、わしは有無をいわさずおぬしらを消してしまうところだったよ。——それにしてもなんとも驚いたことだ。なんじゃと？　グラチウスと、白魔道師連盟が手をむすぶ？　おお、ヤーンよ、そのようなことが許されていいのか？　たとえ地上にどのような嵐が吹き荒れようとも、黒魔道と白魔道は永遠にまじわらぬ敵どうしではなかったのか？　昨今の白魔道師どもは、それだけの分別さえもなくし、おのが身柄といのちとを最大の敵たるドールに売り渡そうというのか？」

「そうでは、ございません」

あわててヴァレリウスは叫んだ。

「そうではございませんが——むろん白魔道師連盟も、パロ魔道師ギルドも、本心から黒魔道師と手を結んだわけではございません。ただ、中原をおそう危機の巨大さに、これはもうひとり白魔道師たちだけではどうすることもできぬと——」

「まあな、昨今の白魔道師どもなど、ただの雇われの月給とりども、パロ魔道師ギルドなどと気取ってみてもその実体はなんの魔道の力ももたぬにひとしいかよわい辻占い師のごときもの」

づけづけとイェライシャはいった。ヴァレリウスは口をとがらせたが、何も言い返す根性はなかった。何をいうにも、相手は何百年にもわたってドール教団とドールそのひとの追撃と単身たたかっていのちをまっとうしつづけてきた、きわめて強力な魔道師なのである。

「そもそも白魔道師連盟などというものからして笑止千万というものだ。魔道師というものは、連合などするものではないのだよ、上級魔道師ヴァレリウス。また、そういっては失礼ながら、そもそもおぬしが上級魔道師などと、そのような称号をありがたげにいただいていることそのものが、どうにもならぬわな。魔道師に上級も下級も一級もへちまもあるか。魔道師にあるのは、おのが魔力の多寡だけ——いったいどうやって下級から上級へ進化するのだ？　まさかに試験でも受けて合格するというわけか。いうては何だが、魔道というものは、王立学問所の師範試験とはわけが違うのだぞ。——などというたところで、おぬしら、むらがってすずめのようにまじない文句をとなえまわるしかないお抱え魔道士どもには通じるまいな。そもそも、団結してパワーをあつめるなどという発想そのものが、わしなどにとっては魔道師の風上にもおけぬものでな」

「それについてはいろいろとわたくしの意見もございますがね」

ヴァレリウスは不服そうにいった。

「だがあなたは何百年にもわたってドール教団の黒魔道師たちの追撃を単身ふりきり、勝ってこられたおかただ。その実績と伝説のはなばなしさのほどは、いかな私でも認めざるをえませんし——それにまあ、私とてもある意味、魔道師ギルドのやりかたを何もかも正しい、一番よいと思っておるわけではございませんし——が、それはもう、私ごときの下っぱがいうことではございませんし」

「パロ魔道師ギルドなど、わしがもっとも派手にドール教団とやりあっていた六百年ばかり前には、まだただの文字どおりのお抱え占い師の集団にしかすぎなんだよ」

冷やかにイェライシャはいった。

「それが、あちこちの大魔道師たちがみな、それぞれの研究に夢中になったり、あるいは歳をとったり、あるいはまったく異なる野心を育てるようになってそれぞれの結界にひっこんでから、もう一人だけでは何もできぬ木端魔道師どもだけが残ったもので、そのようにして白魔道師連盟だ、パロ魔道師ギルドだのと、よりあつまってなんとか一人前の魔道師らしくふるまおうとしはじめたにすぎぬよ。わしから見ればな、ヴァレリウス、おぬしなど、決してそれほど魔力が弱いわけでもない、正しく鍛えて正しく修練と修業をつんでゆけば、ずいぶん立派な一人前の魔道師になれるだろうに、なぜにそんな、魔道師ギルドなどというものに首ねっこをおさえられておとなしゅういうことをきいておるのだ？　まあ、そうおとなしくもないようだが」

「いまの世の中、うしろだてなしでは……野良魔道師などというものはめったに生き延びられないようになっておりますしね」

ヴァレリウスは肩をすくめた。

「私の昔の師匠なども結局それで身をほろぼしましたし……それになんといっても問題のグラチウスまでもが、《暗黒魔道師連合》などというものを考えはじめる時代になったのですから。魔道師個人がいかに偉大だろうと、それで事足れりという時代は終わったんではないかと私は思いますが」

「なかなか、はっきりものをいうやつじゃ。惜しむらくは、おのれが何をいっているのか、ようわかっておらんところだがな」

からかうようにイェライイシャは云った。だがそれはそれほど、好意的でない口調ではなかった。

「そう、だから、おぬしは昨今の阿呆な月給とり魔道師どものなかにあっては決して骨がないほうではない。それだけに、何が悲しゅうてたかがカロンの小僧ごときの足元にはべっておるのか、とはがゆい気持もするのだがね。それはまあよい。ともかく《暗黒魔道師連合》のことはわしも知っておるよ。またグラチウスもやきがまわったものだと思っていたし——が、風のうわさにそのグラチウスと《暗黒魔道師連合》がついにキタイを撤退し、中原に逃げ込んできたという話も伝わってきたので、万一にもそのとばっちりで、またきゃつらが《ドールに追われる男》を追いかけてこぬものでもないと、こうしてルードの森にひそみ、あらたなわしのかくれがとしてきびしい結界を張っていたというわけさ」

「そうでしたか。だが、キタイの竜王がいまや中原に進出しつつあることについてはご存じでしょうね？」

「それはむろん観相はしておる。だが、正直いうて、わしにとってはパロのことなどは、あまりかかわりのない事柄でな。パロが滅びようと、よしんば暗黒王国になろうと。——わしは《ドールに追われる男》じゃで、わしの敵はグラチウス、ドール教団、黒魔道師どものほうだ。キタイについては、わしはまだ何の利害関係もない」

「な、なるほど」

ヴァレリウスは考えこんだ。それから、すばやく腹をきめた。

「そうおおせになるのはもっともです。老師にとっては、パロは何のゆかりもおありにならない国なのですからね。しかし、私にとっては、パロこそはいのちのふるさと、魂のありどころにほかならない。それが侵され、奪われるというのは――黒魔道にであれ、キタイにであれ――」

「ならばなぜグラチウスと手を組む？」

イェライシャの口調がちょっと厳しくなった。

「それがわかっていながらなぜグラチウスの手にのる？　いま、すまぬがおぬしのこれまでの動きをちょっと探査させてもらったが、それで大体のことはわかったよ。なるほど、キタイの竜王というのは相当にもはや、わしの想像していた以上にパロにはびこりかけてきているようだが、それに対抗するためによりにもよって〈闇の司祭〉のいうことをきくとは、それこそ『酒を飲ませてやって杯をとられる』ようなものではないのかい」

「ですから、私がこうしてここにやってきているわけです」

ヴァレリウスは膝をのりだした。

「ああ、でも……その前にちょっとだけ、お願いを……もう一杯だけいまの秘薬をおねだりしてもよろしいでしょうか？　本当にからだのすべての細胞という細胞にしみわたりましたよ――生き返ったような心地がしました。よくまあ、これまで、こんなひどい状態でやってきたものだと自分にあきれかえるくらい、やっと自分がどんな状態にいたかわかったような気分です」

「いいとも。このようなものですめば、いくらでも」

イェライシャはまた、空中から出てきた手に命じて、ヴァレリウスに秘薬をあたえた。ヴァレリウスはこんどはうまそうに味わいつくしながらその貴重な没薬をすすった。

「ああ、からだじゅうが、生き返ってゆくようです」

うめくように彼はいった。

「じっさい、ひどいもんでした。——というか、じっさいに受けていた拷問のいたでとかはたいしたことはなかったのですがね。きゃつらがこともあろうに禁忌の第一たる《魂返しの術》を使ったのと、それにそのあと脱出してからグラチウスのところにいたものですから……聖王宮の結界を満たしているヤンダル・ゾッグの瘴気と、そのあとのグラチウスの黒魔道師の《気》のなかにずっといたので、おのれがどんなに消耗してしまっていたか……やっとわかりました」

「だから、白魔道師は黒魔道師とまじわっても、その影響をうけてもならぬといわれておるのだよ」

イェライシャはおだやかにいった。

「このわしももともとは黒魔道師であったから——ヤーンのおぼしめしにより回心したといっても、すでにからだの細胞のすみずみまで、黒魔道によってはぐくまれていたでね。白魔道に転向したときもっともつらかったのはそのことだったし、また、白魔道師たちからは、どれほどわしが回心したと誓約しても、やはりどうしてもうとんじられがちであった。それは無理もないことで、わしの全身にまとっている《気》、またわしのはる結界や術につかう《気》そのものがすでに黒魔道のものでしかなかったからね。それでわしは、白魔道師たちともまじわらぬよう、孤立してたったひとりでドール教団と戦わざるをえなかった。そのおかげできわめて強力な魔道のパワーをもつようになったので、そのことにはいまとなっては感謝しているくらいだがね。——ともあれ、だから、白魔道と黒魔道とでは、もう、天と地、炎と氷、光と闇ほどもそのパワーや魔道の術そのものの組成からして異なってしまっている。だから、しょせんそれはまじわることも、同盟することもできぬのさ。グラチウスもまたずいぶんとおろかなことを考えたものだな——もしそれが、グラチウス一流のワナでないとすればだがな」

「むろん、ワナだという可能性は一瞬として忘れたこともありませんが」

ヴァレリウスは云った。

「しかし、われわれはすでに、たとえワナであろうとなんであろうとそれに乗らなくてはならぬくらい、追い詰められていましたし——我々、というより主として私が、というべきですが。私はヤンダル・ゾッグにとらわれ、その拷問をうけ、グラチウスが助けてくれなければ、たぶんそのままもう脱出できずにあのままあそこでヤンダル・ゾッグのゾンビーと化していたでしょう……」

「ひとことだけ云わせて貰ってよければだな、君、そのからだのなかに、ヤンダル・ゾッグの魔の胞子が埋め込まれているよ」

そのことばはごくごくおだやかな調子でいわれたが、ヴァレリウスは驚愕のあまりひっくりかえりそうになった。

「な、な、なんですって」

「ヤンダル・ゾッグが、そう簡単に脱出させることじたい、おかしいとは思わなかったのか？――どれ、わしがそれをぬきとってやるほどに、そこにうつぶせになりなさい」

「な……」

ヴァレリウスはうちひしがれながら、いわれたとおりに、イェライシャの指さした地面にうつぶせに横たわった。イェライシャはおもむろに立ってきて、ヴァレリウスの首すじに指をあてると、ルーンの聖句をつぶやき、するどい気合いもろとも《気》をほとばしらせた。

それから、その指さきをずぶずぶとヴァレリウスのうなじにさしこみ、そこから奇妙なかたちをした黒いぶきみな短い棒のようなものをつまみだした。

「ほれ、見たがいい。これがおぬしの動きをすべてちくいち、ヤンダル・ゾッグに教えていたのだよ」

イェライシャはいうと、それを両手でかこうようにした。とたんにその手のひらから青白い光が出て、その黒い棒を焼きつくしてしまった。ヴァレリウスは起上がって、目を皿のようにしてそのさまを見ていた。

「なんてことだ」

ヴァレリウスはいったが、その口調はだいぶおとなしくなっていた。

「私はこれでも……こんなものがないようありったけ調べたのですが……」

「これは、おぬしら白魔道師はたぶん知らぬキタイの術だよ」

　イェライシャは云った。

「これはひとのからだに埋め込まれて、というか魔道師が主だな。最初はほとんど目にみえぬ針のようなものだが、魔道師の体内で、魔道師が《気》をつかうたびにそれに応じてだんだん育つ。――ついには、魔道師の脳全体にひろがって、その魔道師をのっとってしまい、たぶんヤンダル・ゾッグの傀儡としてしまうのだろう。死人をあやつるのはまた別の術だが、生きた人間がヤンダル・ゾッグにいいように操られているとしたら、おそらくこやつを脳に埋め込まれて、それが育っているのだよ。――早いうちならこのようにそれをぬきとれば間に合うが、脳に達してしまってからだと、その者を殺さなくてはぬきとれないから、もう抜き出すことができない。ま、早いうちにわしと会って、いのちびろいしたな。ヴァレリウス」

2

「な……なんとお礼の申しあげようも……」

ヴァレリウスはつぶやいた。そのくちびるは、くやしさとおのれの不覚への怒りともっとさまざまなものにふるえていた。

「魔道師にはこの大きさのものを直接うなじに植込むが、普通の一般人ならもっとずっと小さいやつを、うなじにくっつけて外からでも簡単にコントロールできる。普通人は、脳をブロックしたり、結界をはる訓練をまったく受けておらぬでね。——パロにもどったら気をつけてひとのうなじに手をやってみることだ。そこが氷のように冷たくなっていたら、これが使われているよ。たぶんずいぶんと大勢の密偵というか、傀儡が作り上げられているのだろうから、気をつけてチェックしてみることだ」

「必ず」

ヴァレリウスは唇をふるわせた。

「にしても、グラチウスも気づかなかったとは……」

「それは、気づかなかったかどうかは知れたものじゃないね。気づいていても、グラチウスにとっては——いったん、おぬしの脳にそういう、《気》の信号を発するレーダーみたいなものが埋められたということがわかっていれば、こんどは、ヤンダル・ゾッグの波動を追っかけていれば——つまりそうするとヤンダル・ゾッグとおぬしを結んでいる波動を追っていればつねにおぬしの居場所も、ヤンダル・ゾッグの動きもわかるわけだからな。きゃつにとってはそう悪い話でもあるまい。まあ、それが脳に達したらおぬしは死ぬか、ヤンダル・ゾッグのゾンビーにされてしまうが、それはあちらは気にするまいでな」

「あのじじい……」

ヴァレリウスはつきあげてくる悪罵をのみこんだ。イェライシャは面白そうであった。

「まだ、若いのう、おぬしは。というか、なんとも若いのだな。だから、何回もいっているであろうに。グラチウスと手を結ぶなど、狂気のサタじゃよ、とな。きゃつが黒魔道師であり、しかも〈闇の司祭〉とさえ呼ばれているドールの徒なのだということを、忘れてはいかん。それは決してヤヌスの恩寵とはまじわらぬということなのだよ。きゃつには善悪の観念などはない、というよりも、悪そのものがきゃつにとってはわれらにとっての善にほかならないのだ」

「肝に銘じます」

うめくようにヴァレリウスはいった。

「ありったけの可能性は考えたつもりでしたが、私もまだまだ甘いな。このご恩はいずれかえさせていただきます」

「なあに――ついでにいうなら、そのように偉そうにいうていても、グラチウスのやつは、自分でさんざん《魂返しの術》を使いまくっておるよ。わしの知っているだけでも、ケイロニアの豹頭王グインをわがものにするために、サルデスの近郊アレイエでのたたかいに、わざわざユラニア兵の死者どもを魂返しの術でゾンビーにしたててグイン軍におそいかからせたり――キタイでもさんざんやっておるし。ようまあ、それでヤンダル・ゾッグのことをあ、い、い、くざもくざ、いえたものだとわしなど思うがね」

「それはもう……かの者が黒魔道師であり、ドール教団の教祖というような奴なのだということは、私も一瞬として忘れてはおらないつもりでしたが……」

ヴァレリウスはくやしそうにいった。

「やはり私はひとのいい白魔道師なのでしょうか。……ううむ、なんてことだろう。私はもっともっと、悪徳の勉強もつまなくてはいけないのかな」

「おぬしは、なかなか素直な性格をしておるね」

イェライシャは面白そうにいった。

「それがおぬしの最大の取柄かもしれん。――こんなに正直者で、よくぞ魔道師がつとまるというほど、感情が顔にも気にも出てくる人だね。だが、また、おぬしていどの魔道師には珍しいほど、情動のエネルギーはきわめて大きい。これほど巨大な情念のエネルギーを持っている魔道師というのは珍しい。通常魔道師というのは、情念を去ることで力を高めてゆこうと修業するからね。――その意味ではおぬしもずいぶんとユニークな魔道師というべきかもしれないな」

「というか、おそらく、あまり魔道師にむいてはいないんです、本当は」

ヴァレリウスは肩をすくめた。

「いいんです。私はもう、こんなもんですから。あなたやほかの大魔道師たちのように、巨大な力をもつ大魔道師として歴史に名をのこしたいとも思わない。そんな野望も持ってないしそんなことは私にむいてもいない。それよりも私の希望は、ただ、いまの侵略の大危機からパロを救って、そして——」

「アルド・ナリスをパロの聖王につけ、それでどうする?」

きわめておだやかにいわれたことばだったが、ヴァレリウスはうたれたようにからだをふるわせた。

「それで……どうする……といわれますと……」

「わからぬふりをしているのかい。おぬしはそれほど、ものわかりの悪い人間でも、頭の悪い人間でもないじゃろ。クリスタル大公アルド・ナリスはパロの聖王になる人間ではない。そのこともようわかってはおるのだろう、おぬしは、すでに」

「いまは……」

ヴァレリウスはいくぶん蒼ざめながらそれでも抗弁をこころみた。

「聖王になるべき人間であるのかどうか、はむしろ問題ではありません。いま聖王と呼ばれている人間は、人間ではない。彼はヤンダル・ゾッグのあやつり人形であり、完全に脳をのっとられた文字どおりの傀儡です。傀儡に支配される聖王国をそのままにしておくわけにはゆきません」

「どちらにせよ、すべての王国は、侵略して成立し、そして侵略されて、守りぬければさらにつづき、守りぬけなければこんどはおのれが成立したときと同様、あらたな王国に侵略されて破れ去ってゆくものだったのだ」

おだやかな淡々とした口調でイェライシャがいった。

「地上には永遠の王国も唯一の王国もなければ最後の王国もなかった。最初の王国はあったけれどもな。そして、聖なる王国も、ほろびてはならぬ王国も――これだけが正義の王国だというような王国もまた存在しはしないのだよ、サラエムのヴァレリウス。わしにわかっているのはそれがヤヌスの摂理であり、ヤーンの叡智だということだよ。むろんすべての王国は永遠の存在となるためにもがくおろかしい存在だということもわかってはおるがな。だが、それにしても、パロはあまりに長いこと続きすぎた。――他の国々が数多くの栄枯盛衰を経てその血がまじりあい、よみがえり、あるいは絶やされてきているあいだに、あまりにも古い古い蒼い血を守りつづけすぎた。いまのパロが熟れ切って地面におちて砕ける寸前の果実となっているのは事実でしかない。そしてアルド・ナリスは、その頽廃のきわみに到達したパロの象徴のようなものだ。彼は王にはなれぬ。彼が王になったとしても、王国は続いてはゆかぬし、また彼はそのひたいに《統治する者》のしるしをいただいてはおらぬ。ほかのすべてのしるしはしるされているにしてさえもな。それゆえ、アルカンドロス大王の霊位はアルド・ナリスを決してパロ聖王としては認めることはないだろう。アルド・ナリスはパロを救うことはできない。そしておぬしはそのことを本当は知っているだろう。彼がどれほど口清く中原のために、平和と正義のためにと口にしようと——彼もまた、白魔道師ではありはせぬ。結果として中原の平和のためにたたかっていることになろうと、彼の望むのは平和ではない。民の平和も中原の安定も、ヤヌスの正義も彼はのぞんだことなどひとたびもなかろう？　彼が望むのはただ、神となること——この世の秘密を手にいれ、すべての知識を得ること——そしてこの大宇宙でもっとも全知全能の存在となること——それだけだろう」

「それは違います」

ヴァレリウスは思わずイェライシャをにらみつけた。

「失礼ですが、それはいかに老師のおことばといえど違います。あのかたのことをどれだけご存じだというのですか。あのかたは——確かにそういうところはおありだったかもしれない。だがいまあのかたのお気持は純粋です。きわめて純粋です。あのかたはいまではもう、パロを救うためにパロの王座につくこと、そして中原をキタイの手から救うことを義務としか考えておられません」

「だとしたら、それゆえにこそわしがなかなかみどころのあるやつと思うていた彼の知能も知性も、なにゆえかもっと下世話なものに地に落ちてしまったということだよ。いまもいうたように、唯一永遠の、そして至福の絶対の王国などこんりんざい地上に——ひとがひとをおさめ、そしてひとがひととして存在しているかぎり存在することはできぬ。どれほどいっときはそのようにみえる聖なる王国であろうとも、それは必ず時の支配をうけて変質し変貌し、そして必ずほろびてゆく。それは、この世がこのようである、ということの最大のゆえんなのだ。もしアルド・ナリスが本当に、そう信じて——おのれが正義を全面的に体現しており、そしてこのたたかいはすべて中原を救い、キタイを追い払い、パロに本当の平和を取り戻すためであると信じているとしたら——彼は、ただのおろかものになりさがったとしかいいようがないよ。わしが彼を、魔道師でもない一般人としては異常なまでに知性の高いやつと認めていたのは、まさしくそのこと、唯一絶対の王国などというものを信じぬからこそ、彼が魔道師でもないものにあるまじきおそるべき野望を抱いていたことに由来しているのだからな」

「……だが、それは……」

ヴァレリウスは苦悶した。それから、激しくたたきかえすように云った。

「それは……おそらく、ナリスさまはいまがいちばん……幸福なのです。ひとは、ひと以上のものたろうとすべきではない……そのような野望を抱いたとき、ひとはこの上もなく苦しみ続けなくてはならないでしょう。だから……あのかたはいまようやく、ひとりのひと、人間になられた……そうではないんでしょうか？」

「そして、人間とは死すべきものさ。そうだろう、ヴァレリウス」

イェライシャはしずかに云った。ヴァレリウスはまるで雷にうたれたように全身をふるわせた。

「神たろうとする野望とは——全知全能であろうとする野望とは、どうせ破れるにきまっていても、それは死すべき運命であるひとのさだめへの挑戦であり、ひとであることを超えようとする野望だった。それをすて、そしてこの世の秩序に従ってゆけば——それは、幸せだろうとも。楽だろうとも。——そしてそれは、おのれもまた、ひとの子のひとりにしかすぎぬ、ということを、彼が認めた、ということにほかならぬ。——彼は、敗れるだろうな」

「な……っ……」

「当然だろう。相手はキタイの竜王ヤンダル・ゾッグ、ヤンダル・ゾッグは人間ではない。彼は竜頭人身の宇宙のはてからやってきた種族の末裔だ。そして、彼のいだく野望はすべて、この惑星《ほし》からついに彼のまだ見ぬまことのふるさとの世界へと帰還をとげることだけ——そのために、彼はこの世界をさえ改造せんとしている。それに対して、アルド・ナリスに——おのれがひとの子のひとりにしかすぎぬことを認めたナリスにどう立ち向かいようがある？彼は、敗れるだろう。そして、彼にできる最良のことは、彼の持っている最大の、ただのひとの子でない点——それゆえにこそヤンダル・ゾッグが彼をいくひさしくつけねらっていたもの、かの古代機械があるじとして選んだ、という事実、それをヤンダル・ゾッグに利用させぬためにみずからいのちをたつことしかないだろうさ。さもなくば、ヤンダル・ゾッグにあやつられ、キタイの王の野望のために仕える傀儡となるかだな。レムスのように」

「……」

ヴァレリウスはぶるぶるとくちびるをふるわせ、じっと歯をくいしばっていた。だが、いいかえすことはできなかった。

「そう、だからこそ——グラチウスと組むなどというおろかなことは即刻やめたがいいさ。これは何もわしがグラチウスの敵だからいっていることではない。グラチウスも所詮は黒魔道の徒、彼ののぞみもまた、ヤンダル・ゾッグとおっつかっつのあやしい小昏いものでしかないということさ。いまはグラチウスは、おのれの持っている力、《暗黒魔道師連合》などと称する茶番ではまったくヤンダル・ゾッグに歯がたたなかったことを認めている。同時に、そのために手にいれようとした最後の切り札をも、手にいれそこねてキタイをすごすごと脱出せざるを得なかった。だからこそ、彼はいま、あらたな勢力範囲を獲得し、ヤンダル・ゾッグに対抗しうる勢力に育てるために、おぬしたちの絶望に目をつけたにすぎん。だから彼は介入した。その手にのれば——いずれは、ヤンダル・ゾッグを万一首尾よくキタイへ追い払えた、いやさらにすすんでこの世界から追放しえたとしたところで、あとに残るのはこんどはまったく似たような野望を抱いたグラチウス、というだけのことさ。どちらを選ぶか——異次元の悪魔とこの世の悪魔とどちらを選ぶかなどという選択は、わしには賢いとはとても思えんな」

「そんな——そんなことはわかっています。老師」

ヴァレリウスはくちびるをふるわせながら言い返した。

「だからこそ……だからこそ、私は、こうして……グラチウスのことばにのったかのように思わせて、あえてこんなところまで……私にできる唯一のもっとも賢い方法として……グラチウスの力をかりずとも、パロからキタイ勢力を追い払えるためにと……アグリッパを探せというグラチウスのことばに乗せられたふりをして……」

「アグリッパ」

ゆっくりと、イェライシャが云った。その目が、ほそめられ、ずるそうにまたたいた。

「おぬしのような若造が、かのアグリッパの何を知っている？」

「知りません。何も知りません。どんな人かも……いや、実在しているのかさえも。だが、だからこそ……」

「実在は、しておるよ。しておるともさ」

イェライシャはうけあった。

「わしは知っている。実のところ、何回かは会ったこともあるさ。だが、だからといって、アグリッパの実像を知っているとはとうていいいがたい。彼こそ、グラチウスよりもずっとつかみどころがない。じっさいのところまことの人間といえるのかどうか、それもわしにはもうわからん。――人間、というものをどう定義していいものかもわしにはようわからんでな。――だが、どうして、アグリッパがグラチウスやヤンダル・ゾッグよりはましだとわかる。相手は三千年も生きた伝説の存在だぞ」

「そう、でも、あなたにしたところで――〈闇の司祭〉にしたって、私や他のもっと木端な魔道師どもにとっては伝説もいいところなんです」

ヴァレリウスは懸命に言い張った。

「私が五年前の私だったら、こんなところで単身あなたに——伝説の《ドールに追われる男》にお目にかかっている、いや、その洞窟によんでいただき、こうして二人でことばをかわさせていただいている、などまさしく夢物語にしかすぎないと思ったことでしょう。だが、このあいだは私はグラチウスの洞窟に訪れたし、きょうはこうして《ドールに追われる男》とことばをかわしている。だったら、ほかの伝説だって実在していないわけはない。実在していないことがわかったらそのときほかの方法を考えてもいい。ともかく、私はアグリッパを探したいんです。もう、そのこともあらかじめご存じだったというのなら、話は早い。私に、アグリッパのかくれがの場所を教えていただけませんか。あるいは、アグリッパとの会見ができる方法を教えていただけませんか。あなたはもとはどうあれいまは間違いなく白魔道師であるのだから、私はあえて申上げますが、そのためなら、どんなお礼でもします。私は時間がないんです。私はとにかくなるべく早くアグリッパを味方につけて戻らなくてはならない。パロのために、そしてあのかたのために。私自身のために——何をいわれてもいい。どんな試練でもたえてみせますし……何を捧げろといわれてもいい。もしご存じなら、アグリッパの行方を……」

「そうむやみと簡単に、そんな魔道師にとって最も拘束力のあることばをたてつづけに口にしてしまうものじゃない。だから、あまりに若いというのだよ」

困惑したようにイェライシャはいった。

「それに、アグリッパについては、わしはそんなに知らないというただろうが。さっきもいったとおり、わしはもともとがドール教団の人間だった。だから、いまでも、白魔道の雰囲気とかはそれほどいごこちのいいものじゃない。わしは、ヤーンやヤヌスに仕えること、それをあがめることと、ヤヌス教団の下らぬ形式主義にしたがうことはまったく別のことと考えている。だから、さきもいったとおりわしは本当の一匹狼だよ。……もうちょっと前なら、ほんのちょっと北にすすんでノスフェラスに入ってロカンドラスをさがせ、と忠告してやるところだったがな。ロカンドラスはいいやつだし、それにきわめて親切な珍しい魔道師だった。まああれは魔道師というより、観相の徒であったからな。力はきわめて大きかったがな。そしてロカンドラスのほうがたぶんアグリッパよりもはるかに動かしやすかっただろう。ロカンドラスは人間性を失ってはいなかったし、中原だのこの世界の平和だ、安定だ、摂理だということに、きわめて関心を持っていた。だが、残念ながらその北の賢者ロカンドラスはつい先日入寂してしまった。むろんあれだけの術者だ。魂はまだ存在しているが、もう、この地上のことに介入はできぬ」

「それこそ、魂返しの術というのはこんなときに使えればいいものを、といいたくなるようですね」

ヴァレリウスはうめくようにいった。

「だが、ロカンドラスの霊魂を探しにいっているいとまは私にはない。——老師がもし、アグリッパについての情報を与えて下さることができないというのでしたら、私は、この秘薬と、そして私のような木端魔道師と親しく口をきいてくださったという重大な恩義は決して忘れぬという誓約をして、地上に戻り、探索の続きをしなくてはなりません。もう本当に時間がないのです」

「待ちなさいと言うのに、本当に気の短いやつだな」

イェライシャは苦笑した。

「わしからの忠告ならばもっと別にあるね……アグリッパなど探すのはよしなさい。それよりも、グラチウスがやって失敗した同じ方法をとったらどうだね。おぬしならたぶん、もっとうまくやれるだろうよ。白魔道師だからね……」

「と、いわれますと……」

「相手は――ヤンダル・ゾッグは人間ではない。竜頭人身の、異世界からきた異類だ」

ひとことひとこと、かんでふくめるように、イェライシャはいった。

「そのねらいも野望も人間のもつそれとは違う――わしはそういった。ならば――こちらも同じものに頼ればよいのだ。同じく人間でないがゆえに、人間と異なる倫理や力をもつもの。だが、その本来の役割により、《調整者》としてのつよい義務感をもつもの。そしてグラチウスでさえ、動かすことのできぬもの……」

「――ケイロニアの豹頭王グイン」

ヴァレリウスは即座にいった。

「そうですね。――老師は、私に、グラチウスにそそのかされて敵なのか味方なのかわからぬアグリッパを探すなどという無謀なこころみをやめ、ケイロニアにおもむいてグイン王の力をかりよ、と、そう御忠告下さっているのですね」

「そのとおり」

イェライシャはかすかに笑った。

「まさしく、そのとおりだ。——グインは、ただのあのとおりの異形なだけの存在ではない。この宇宙の展開のカギをにぎる人物だ。——いくつかのカギが出会うとき、この世界はたぶんあらたな運命の扉をあける。——間に合えば、だな。間に合わなければ——それまでのことだ。さきにいったことはすべて——王国についていったことはみなこの大宇宙そのものにもあてはまる。すべての惑星は、唯一でも永遠でも至上でもありえない。すべての生まれ出たものは必ずほろびへとむかってゆく。惑星だけではない。その惑星を生み出した宇宙そのものさえも、また」

「………」

「だから、パロどころか……この惑星も、この銀河系も、この宇宙そのものとても、滅びてはならぬ理由などひとつもありはしないし、それはいつかは必ず滅びてゆく。——それが生生流転の法則、大宇宙の黄金律の最大のひとつでしかない。だが——」

「………」

「グインはその黄金律に所属しておらぬ。わしはパロの運命などどうでもよい。キタイの竜王にはやや興味があるが——しかしその野望を阻止せねばならぬなどとは微塵も考えぬ。わしももとはドールをあがめる者だったからな。——そして、むろんわしも死にたくはないから、グラチウスや、わしをつけねらい、殺そうとするものとはたたかう。それだけのことだ――だが、わしはヤヌスに帰依したときにその大宇宙の黄金律をもまた受入れる、という誓いをした。だからこそ、わしはグインに心をひかれてやまぬのかもしれぬ。わしももともとドールの徒であったからこそな。――おのれの力を増大させることにより、大宇宙の運命をさえ変更しうると信じるドールの教えに拠るか、それとも大宇宙には決してかえられぬ黄金律があり、そのさだめにしたがってひとは生きる、と教えるヤヌスのおしえに拠るか、これほど根源的な対立は決して存在せぬ。――だが、グインは、そのどちらにも属しておらぬ」

「……………」

「わしはずっと、ほかのものなどどうでもよい、グインだけに興味をもって見守ってきたよ。また偶々に当人とふれあう機会も多々あったでな。そして当人のエネルギーを直接にふれてみる機会を得て、この驚愕はますます驚嘆にまでたかまった。この存在はいったい何だ？となる。このようなものがこれまでに存在したか、とだな。――あの豹頭王の秘めているエネルギーはまことに異様だ。それは我々がこれまでに知っているどのようなものとも違う」

「――それはきわめて興味深いお話です。だが、私はいまそのような……いうなれば原則的な事柄を研究したいのではなく――」

「異世界の侵略に対するには異世界の論理を用いるのがもっともよい」

イェライシャはヴァレリウスの反対などきこえもせぬかのようにつづけた。

「わしは、それゆえ、アグリッパがよしんばおぬしの味方についてくれたとしても、アグリッパといえどこの地上にひとの子として生をうけ、そして人間として力をつけてきた存在である以上、ヤンダル・ゾッグに最終的には抗すべくもないのではないかという気がするよ。いや、それはむろん、ヤンダル・ゾッグがそれほどすさまじい力を持っていて地上の何者もかなわぬなどといっているわけではないがな。ただ、彼はまったく異なる論理によって動いている。そうである以上、我々の論理は彼にはかかわれない。そうではないかな?」

3

「それは——そうかもしれません。だが、力は論理とは別もののはずです。論理はかかわれなくても、力が及んでくれれば、われわれもまた、力をもって対抗するし、その力は当然、論理を共有していなくても、直接にあいてとぶつかりあうことになる」

「頭がいいの」

からかうように、イェライシャはつぶやいた。

「だが、では、その力がとてつもなく大きかった場合にはどうするのだ？　力の真理というものはただ、大きな力が小さな力を駆逐するというだけのものだよ。よしんばアグリッパに頼ったとしても、そのアグリッパが力でヤンダルにかなわなければまったく同じことだし——逆にアグリッパの力がはるかにヤンダルをしのいでおれば、おぬしたちはまたあらたな別のヤンダルの危機をかかえるにすぎぬのではないかな？　そこまでアグリッパの正義と同情心を信じるのは狂気の沙汰だとは思わぬか？　お前、ヴァレリウスともあろうものが？」

「それは……思わぬこともありません。だが、いまの私には——私たちにはもう、ほかに何も手だてがない」

ヴァレリウスは叫んだ。いつのまにか、ヴァレリウスは真っ青になっていた。その額にはあぶら汗がにじみ出ていた。いつのまにやら、その場は、あたかもイェライシャ対ヴァレリウスの、死力をつくした戦いの場になりかわっていったかのような様相をさえ呈していたのだった。

「竜王はあまりにも――我々おろかなちっぽけなただの人間がたちむかうためには巨大すぎる。ナリスさまは、竜王が、すでにモンゴールにはたらきかけて、かの黒竜戦役をおこさせ、それによってレムス王子を手にいれようと画策したのではないか、と考えておられる。竜王が、次期国王たるレムス王子こそ、古代機械の正当な所有者、継承者だと誤解というか、まあ当然な考えを持ったからです。だが、じっさいには、レムス王子はまだその教育を受けておらず、そしてじっさいに古代機械の継承者となったのはナリスさまだった。だから、竜王はこんどはナリスさまをすべてのパロの守護のもとから追い立て、こうして反乱軍の頭目に追込み――そしてそのお身を手にいれようと――」

「そのような情勢については、いまさらおぬしから講義をしてもらうことはないよ」

イェライシャはおだやかに、だが辛辣に云った。

「わしも一応は観相の徒だし、それに、おぬしらのまったく知らぬキタイのできごとなどについても、つねに注意をはらっておったからな。十八年前、キタイで突然に、異様な、そしていまだかつて地上では知られなかったほど巨大なエネルギー流が動きはじめたことも、それに最初からグラチウスが非常に関心をもち、はたらきかけ、そしてそれが容易ならぬことだと知ってただちにユラニアを見捨ててキタイへとんだことも、そののちの動きについても——いかにしてグラチウスが、おのれの味方にひきいれるために豹頭王グインをキタイへ周到なワナによっておびきよせ、そしてグインがいかにしてそれをあっさりとうちやぶって皇女シルヴィアを奪還し、グラチウスの野望をくじいてしまったかも、わしは少なくともおぬしよりはよう見ておったよ」

「それはもちろんわれわれ、木端魔道師のあずかり知らぬ高みに老師などはおられるのですから」

「つまらぬことをいうでない。そんな皮肉が通じる相手でもないし、そんな場合でもなかろう」

イェライシャはあっさりといった。

「わしは、おぬしに、よりよく、より正しく、より簡単で確実な方法をすすめてやっているだけだ。どのようににくまれ口をきいたにしても、わしも多少は中原の情勢の帰趨がおのれに関係していないこともないでな。ただ、わしの場合は、こういっては何だが、もしもヤンダル・ゾッグがグラチウスとドール教団を完膚なきまでにやっつけてくれるのなら、そのほうがわし個人にとってはありがたいのだよ。わしにとっての最大の敵はキタイではなく、グラチウスとドール教団なのだからな」

「………」

ヴァレリウスは——口から先に生まれたような彼としてはまったく珍しいことであったが

——口ごもった。そして、返答に窮したようにイェライイシャを見つめた。

「そ……そうおっしゃられてしまえば……わ、私としては……」

「だが、また、ヤンダル・ゾッグが中原をまったく異なる世界のようにつくりかえてしまうのは、いかなわしといえどもそう歓迎すべき事柄ではない。まあいずれにせよ、おぬしがこうしてここに偶然ころがりこんでくるまでは、それはだがグラチウスとヤンダル・ゾッグの問題であって、わしにはもうかかわりのないことだ、と考えて、こうしてここで高見の見物を決め込もうと考えていたのだがね。わしにはロカンドラスのように、この世のなりゆきを見極めてやりたい、などという気持もまたなかったからね」

「……………」

「まあ同じ祭壇にロウソクをともすのもヤーンの縁、ということわざもあることだ。せっかくこうしてやってきて、知合うたのだから、もしもおぬしがその気があるのなら、いますぐにでもケイロニアのグインに話を通して、おぬしとグインが会えるようにしてやっても良いよ。そして、おぬしがグインを動かしてヤンダル・ゾッグ勢力をパロから追い払うための同盟をケイロニアとパロのあいだに結ばせることができたら——それこそ、それは一番よい方法だとは思わんかね。ケイロニアはつねに中原にとっては一番の正義の体現者たることを自負してきた。中原の危機だというのが本当に得心がゆきさえすれば、おそらくケイロニアはその強大な力をおしみなくパロに貸してくれるだろう」

「それは……」

しばらく、ヴァレリウスは声もなく考えこんだ。それからくちびるをかみしめながらゆっくりといった。

「それは確かに御聡明なお考えだし、グインと結ぶことは私も考えましたし、ナリスさまもグインと会って説得して同盟を結んできてくれ、とお頼みになったこともあります。それにしたがうのはやぶさかではない。だが問題がひとつ——私はヤンダル・ゾッグの虜囚から逃れるために、グラチウスに約束してしまったのです。アグリッパと会ってくると。あなたもいまさらいうまでもなく魔道師の誓約とはどのようなものか、魔道師が恩義に対してかえさなくてはいけない義務があることをご存じのはずです。マルラスの義務というやつですね。……それにもうひとつ、そのことには、ゴーラのイシュトヴァーンがからんでいる。そうであるかぎり、これもいずれは私にとってはきちんと解決しておかないと、あとで非常に厄介になってしまう問題だと思われるので……」

「ああ」

イェライイシャは云った。そして、考え深げにあごひげをしごきあげた。

「ゴーラのイシュトヴァーンか」

「そうです。これは私にとってはゆゆしきというか、ないがしろにすることのできぬ問題です。——グラチウスは、イシュトヴァーンがゴーラ王についたのは、アグリッパのうしろだてだと考えている。だが、もうひとつそれが実はおそるべきことにヤンダル・ゾッグの奥深いたくらみだ、という可能性もあると私は考えていたのです。考えてみればもともとナリスさまが謀反を最終的に決意されたのはイシュトヴァーン自身がマルガまでやってきてナリスさまに運命共同体となること、自分がゴーラの王となり、ナリスさまがパロの王となって手を結んで中原をわがものにしてゆこうとそそのかしたことが大きかった。そしてヤンダルがレムスさまを傀儡として使い、ずっとナリスさまを謀反させてパロから逐ってキタイへと拉致しようとたくらんでいたのだとすると——そのためにナリスさまをああして足を切断した不自由なおからだになるようにしくみ、そして謀反によってパロから最終的に逐われるようにたくんでいたのだとすれば、イシュトヴァーンの脳裏にどうしてもナリスさまをそそのかして謀反をたくらませるようふきこんだのもまたヤンダルだと考えるに何の不思議もない」

「じゃろうな。それはわしもそう思うよ」

「むしろ突然に、長年いわば伝説の存在でありつづけたアグリッパが登場して中原の状況に介入してきたのだと考えるよりずっと、ヤンダルが黒幕にいるのだと考えたほうが自然です。アグリッパがゴーラの背後にいるだろうというのは、これはグラチウスの考えであって、なんらかの根拠があるわけではない。そのグラチウス自身も、アグリッパではなくヤンダルだという可能性もある、といっていました。そもそもアグリッパの名が登場することになったきっかけからして、『このように大がかりな魔道を使う能力を持っているものはヤンダルのほかにはアグリッパ・クラスの魔道師しかない』というものだったのですから」

「グラチウスがいうのは、アルセイスでさまざまな奇跡をおこして、死せる皇帝の亡霊があらわれてイシュトヴァーンをゴーラ皇帝の後継者に指名したというあの話かね。あれだったら、はっきりいって、わしにでも、出来ぬわけではないぞ。もっともわし一人の力では多少しんどいので、誰か《補助》となるエネルギーの供給者を、それもかなり強力なのを十人ばかりは必要とするかもしれんが。だが、それほどとてつもない大がかりな魔道というわけではない——確かにヤンダルなら一人で苦もなくできるだろうがね。グラチウスでもできるだろうし、その気になれば、ロカンドラスでも」

「……ですからグラチウスは、自分でない以上はアグリッパか、ヤンダルだ、といったわけなのですが」

ヴァレリウスは苦悶の表情で手をよじりあわせた。

「ヤンダルだと考えればこれはたいへん重大なことになってしまうのです。ナリスさまはイシュトヴァーンにはっきりと、結ぶ、という誓約をされてしまった。文章にしたりして、証拠を残すことこそ、なんとか私がおとめしましたが、したのは事実だし、イシュトヴァーンだけでなくイシュトヴァーンの側近の騎士もその場にいて、その誓約を知ってしまった。現在ゴーラで、イシュトヴァーンがどのていどその密約について他のものに口外したかわかりませんが、ナリスさまと違ってイシュトヴァーンの側にはその密盟を内緒にする理由がない。もしすでにゴーラのおもな重臣たちはイシュトヴァーンとナリスさまがひそかに同盟していることを知ってしまっているとすると……ナリスさまが私の願いをいれ、何ごともなかったことにしてゴーラとの密盟を闇に葬ろうとして下さってももう、ゴーラ側のほうからそうさせてはくれないでしょう。——そしてもし、それが……そうやってナリスさまの反乱を窮地に追込むことが、イシュトヴァーンをあやつってナリスさまをそそのかしたヤンダルのねらい目だったとしたら」

「それも充分にありうるな」

「ナリスさまのお味方も、またパロの国民も、ひとしなみにゴーラ、というよりそのもとともなったモンゴールには非常につよい憎悪と敵意を持っています。——せっかくいま、ナリスさまに対して、中原をキタイから救おうとしてくれている正義の味方、救世主、というよい印象を持っているパロの人々や、ナリス軍の武将たちも、ナリスさまが誰にもいわずに一存でゴーラとくみ、イシュトヴァーンのうしろだてでこのたびの謀反をくわだてた、と知れば、なかにはナリスさまから心のはなれるものもかなり出てくるでしょう。それを私はとても心配しているのです。ましてそれがもしもヤンダルのつけめだとしたら……一番肝心かなめのときに、ナリスさまが、愛国の救世主どころか敵ゴーラとくんでパロを裏切った裏切者だ、という宣伝をレムス方が打ち上げたとしたら……」

「それもまた、おおいにありうるな」

「そうやってナリスさまを追い詰め、つねにパロにとっては英雄であり偶像であったナリスさまをパロが逐ってしまうこと、それこそがヤンダルの最終的な——ナリスさまを手にいれようとするための計略なのだとしたら……ましてイシュトヴァーンのゴーラが、いざというときに裏切らぬという保証はなにもない。……イシュトヴァーンは、それもまたヤンダルのしわざであろうとなかろうと、これまですでに紅玉宮においてユラニア大公一家の惨殺に直接手を下したのでないまでも大きくかかわり、次にトーラスの金蠍宮の占領に手を下し——何回もの裏切り行為をはたらいている。このような男をなぜナリスさまがあんなに好意をもたれ、信用されるのか、私にはどうしても理解しがたい」

ヴァレリウスはついつい、そのたまりにたまっていつも本当は心の底にあるうっぷんをおさえかねたように語気あらく云った。

「ナリスさまはあの男についてだけ、私には理解できぬ反応をされる。——いっそ、何か別のわけがおありじゃないのかとかんぐりたくなるくらいにです。……本来ナリスさまというのは、そんなふうにひとを簡単に信用されるかたでも、ひとにそそのかされるようなおろかな単純な人間でもないはずなのに。——でも、だからこそ、ヤンダル・ゾッグは、ナリスさまの唯一の弱点とみて、イシュトヴァーンがナリスさまをみずからそそのかしにくるようにしむけたのだとしたら……これまたある意味、何もかもつじつまがあいます」

「まあ、そのとおりじゃな」

「だからこそ」

激しくヴァレリウスは云った。そして、つよく拳を膝の上ににぎりしめた。

「だからこそ、私は……イシュトヴァーンの援軍をあてにしなくてはならぬということになるより以前に、なんとかナリス軍の勝利に導きたいのです。アグリッパがイシュトヴァーンをゴーラ王にするのに手を貸した張本人でなければ、たぶんアグリッパをなんとか説得することはできるでしょう。いや、できなくてもしなくてはならない。そしてアグリッパの力をかりれば——ゴーラの援軍などなくともナリス軍はヤンダルとはじめて対等に戦えるようになる。ヤンダルの魔道をさえアグリッパが封じてくれれば、レムス軍とならば、ナリス軍でもいまは——カラヴィア公軍やサラミス騎士団をあわせれば、決してそれほど劣勢なわけじゃない。ただ、そこにヤンダルの魔力があるかぎり我々ではどうにもならない。魔道師ギルドでは、ヤンダルの魔力にたちむかうすべがない、残念ながら。……だが、グラチウスの思いのままにされるのも困る。だからです。だからこそ、私は……」

「アグリッパに会わなくてはならない。なるほどな。ようわかったよ」

イェライシャは肩をすくめた。

「グインを味方につけるよりも、どうしてもアグリッパに会って説得しなくてはいけない、とそれほどつよくおぬしが考えるのなら、わしがとめるいわれはない。まあ、好きにするのだな」

「グインのことも、むろん、考えておりますし、できることなら、そうしたい。また、アグリッパを首尾よく説得できればそのあとケイロニアにまわってもいいと思っています。だが、下手にケイロニアを介入させたあとに、ゴーラが動き出したりしたら……またしても話がこじれてしまう。といって……あのときには、私がいながら、ナリスさまをおとめすることもできなかったのだから……いまさらに、ナリスさまになぜイシュトヴァーンと組んだりされたのか、と非難したところでどうにもならない。私はあの場にいたただひとりの——パロ側の人間だったのだから。あのとき、イシュトヴァーンを殺してでも私がなんとかこの呪われた同盟を阻止できていたら……いや、だが、あのときはそれもできなかった……」

ヴァレリウスは荒々しく髪の毛をかきむしろうとしたが、そんなふうにおのれの苦悶にかまけているときではないと気づいてそれをやめた。そして、いきなり、手をさしのべて、イェライシャに哀願した。

「お願いです。イェライシャ老師。私などには老師にこんなあつかましいお願いをするなんの権利もない。そのことはよくわかっています。だが、私は時間がない――そして私の任務には中原の平和と救済と、そしてナリスさまのおいのちと無事がかかっている……どうか、お願いです。私がアグリッパと会うのにお力を貸して下さいませんか。このままでは私のしがない魔力ではどのくらい時間がかかってしまうかわからない。あなたは《ドールに追われる男》、私の何倍もの魔力をおもちだ。どうか、私にそのお力を貸して下さいませんか。中原が無事におさまり、キタイ勢力を首尾よく逐ったあかつきには、私は老師の求められるままにたとえこの一命をおとそうともかまいませんから」

「これこれ。そんなふうに土下座されてもな。手をあげなさい」

イェライシャは困惑したように首をふった。

「やれやれ、気の毒に。――こういっては何だが、なんだっておぬしはまた、そこまであの闇の王子に見込まれてしまったものかな。――それほどにあの呪われたアルシス王家の末裔が大切か。それに、こういうては何だが、おぬしは魔道師失格だな。そこまで、感情が激しすぎては、もう魔道師にもっとも必要な冷徹な知性を維持し、なにものにもゆるがされぬ精神集中を保つことはできまいよ。おぬしは、珍しくあまりに強烈な情念をもつ魔道師だとわしはいうたが、いまのおぬしはその情念のほうが強くなりすぎて、だんだん魔道師としては資格を失いはじめているようだな」

「私の魔道師としての資格など」

ヴァレリウスは全身を激しくふるわせた。

「そんなたいした魔道の力をもっているわけでもない。歴史に名をのこすような魔力もない、ただの一介の上級魔道師にすぎません。私が魔道師として失格しようとどうしようと、そんなことはこの世界の歴史に何の影響もあたえますまい。だがあのかたは——あのかたはこの世界にもう、二度とは生まれないかたです。あのかたは……」

「おぬしは、アルド・ナリスのからだがあのようになるのを阻止できなかったというのと、それに、そのイシュトヴァーンとの同盟をも、おのれの力で阻止できなかった、というので、あまりにもナリスに対して負い目を感じすぎているようにわしには思えるよ」

イェライイシャは云った。

「そのために、何がなんでもアルド・ナリスを勝たせなくてはならぬ、とありったけ思い詰めてしまったようにわしには思えるな。だが、それは、はっきりいって妄執だよ、サラエムのヴァレリウス。そして妄執というものは、あまりにつのってゆくとさいごには、そんなにも強力な妄執をもった当人をも、それをむけられたあいてをも、ゆがめ、ほろぼしていってしまうことになるよ。……まして魔道師の妄執、それも、これだけ力のある魔道師の妄執だよ。――妄執を残して死んだ魔道師がどうなるか、レムス王にとりついたキタイの魔道師の亡霊でもう、わかっておるじゃろ」

「――妄執」

ヴァレリウスは低くつぶやいた。そのこうべは低くうなだれていた。

「まさしく、そうかもしれません。妄執……きっとそのとおりなのでしょう。だが、それでもいい。この――いまとなってはもう、この妄執そのものが私なのかもしれない。この思いなしには私はもう存在できない。……この妄執があたえる苦しみそのものに私は中毒しているのかもしれない。それとも、あのかたが私に与える苦しみと試練そのものに」

「不健康だな！　不健全きわまりないよ、そのようなものに中毒するというのは！――わしのような部外者にいわせれば、そのような妄執も、それをおぬしにかきたてることでおぬしを利用しているアルド・ナリス自身も、ヤンダル・ゾッグの故郷への妄執にまさるともおとらぬ、ゆがんだ情熱のとりこのように思えるがね。わしからみれば、ヤンダル・ゾッグの中原征服と作り替えの野望も、アルド・ナリスの執念とそれにひきずられるおぬしの妄執も、たいしてかわらぬように思えるよ」

「――私に、力をかして下さるわけにはゆかない、ということばでしょうか、それは？」

ヴァレリウスはくちびるをかみしめた。

「ならばしかたがない。――そもそも、ここに迷い込んできてしまったのも偶然にすぎないのですし、私は老師に何のかかわりもない、老師も私になんの負い目もおもちでない間柄にすぎない。お力をかしてくれ、とお願いすることそのものがあまりにあつかましいことは最初から承知しておりました。……それでは、これで失礼します。あつかましいことをいろいろと申上げてまことに失礼しました。──結界をあけていただけますか」

「待ちなさい」

イェライシャは苦笑した。

「短気な男だ。だから、まだわしは何もいうておらんだろう。力をかすもかさないもない、わしはただ、おぬしのは妄執だし、それは──ナリスとおぬしの関係はあまりに不毛でしかも危険だというただけの話だよ。そう、怒るでない」

「怒ってなどいませんし──まだ私のなかにさすがに残っている私の理性は、老師のおことばが一から十まで正しいと私に告げております」

ヴァレリウスはかすかににがく笑った。

「ですから、そのような耳のいたいことをいっていただいて、感謝しているくらいです。でも、私ももう──そう、私ももう選んでしまった。もう、ひきかえせない。……私の手はあのかたのために流したたくさんの血に、罪に汚れている。そして私は……そう、私はあのかたの与える苦しみに中毒しきっている。きっと私はそれで身をほろぼすことになるのでしょうね。だが、私は身をほろぼしても、パロはほろぼさせない。それだけがいまの私の言い訳なのですから。……あのかたとともにほろびるのは、私にとっては……」

「だからそのように考えていながら、中原を、パロをだけ救うことができる、などと思うのは無理があるというのさ」

イェライシャはまた、気の毒そうに云った。

「おのれはほろびにとりつかれていながら、おのれのほろびによって中原を救うことができるだろうなどと夢見るというのはな。アルド・ナリスも同じだ――おのれの身をほろぼしたところで、それが何だ？　ただ、ひとつの人生がおわるだけの話だよ。どのような人生でさえ、終わるさ――三千年を生きたアグリッパの人生でさえ、いつかは終わる。大宇宙の生命より長く生きる人生はありえない」

「………」

「わかったよ」

イェライシャはふわりと立ち上がった。白いトーガがひらりとなびいた。ヴァレリウスはぼんやりとイェライシャを見上げた。

「お前さんを気の毒だと思うたからではない。また、アルド・ナリスとおぬしの妄執を正したからでもない。これはわし個人のちょっとした個人的な興味もからんでいるのでな。おぬしを、アグリッパのところへ連れていってやるよ。そのあとどうするかは、自分できめることだな。アグリッパをどう説得するか、アグリッパが敵であった場合にどうするかは。そこまでは、わしには面倒をみきれん」

4

「え……っ……」

ヴァレリウスは、何をいわれたかわからぬように、しばらくぽかんとしていた。

それから、茫然とまばたいた。

「老師。いま、なんと……」

「そんな、仰天したような顔をするでない。おぬしには似合わん」

イェライシャは苦笑した。

「アグリッパのところへとりあえず連れていってやろう、というたのだよ。わしにできるのは、そこまでだがな。そのあと無事にアグリッパに会えるかどうかまではわからん。わしが知っているのは、アグリッパの結界にどうやってふれるかまでだからな」

「ほ、本当ですか。まさか、からかってらっしゃるのではないでしょうね」

「おぬしをからかってどうする。からかってなどおらんよ。——おぬしもよほどうたぐり深いか、よほどひとの好意を信じることに馴れておらんとみえるな」

またイェライシャは苦笑をうかべた。だが、その目は長い白い眉の下で好意的な光をひそめていた。

「まあ、おのれが妄執にとりつかれていることがわかっているだけでも、おぬしは多少マシなほうだろうさ。それに、アグリッパがいまどのような状態になっているのかはわしも興味のないこともない。わしがアグリッパに会ったのはもうはるか昔、昔もいいところだな。もう八百年がところ前だ。あのころには幸いにしてグラチウスなどというはなたれ小僧はまだこの世にはびこってはおらなんだ。まったく、あやつのおかげでわしのしずかな生活はすっかりかき乱されてしまったよ。もしもおぬしらがグラチウスの力をかりて万一ヤンダル・ゾッグをパロから追い払うのに成功し、その途中でこんどは主がかわってグラチウスがパロをどうにかしてしまうことになると、わしは——うむ、つまるところいまのところはわしにとっての最大の敵はやはりグラチウスなのでな。——だからあの、鬱陶しそうな淫魔は連れていってやるわけにはゆかぬよ。あのまま放っておいてもかまわぬのだろうな」

「おお、もちろん、もちろんです」

あっさりとヴァレリウスは冷酷非情にいった。

「あんなやつ、べつだん、ただくっついてきただけで何でもありゃしないんですから。そもそもこの件全体にだって何もたいしたかかわりはもっちゃいません。ただ、グラチウスが最近一番弟子——だか子分だかとしてずっと使っている淫魔だっていうだけの話です。このまま永久にルードの森のなかに待たせておいたところで何のさしさわりもありゃあしません」

「ひどいことをいう」

イェライシャは苦笑した。

「では、さっそく出かけるとしよう。ここからこのまま出発するよ。アグリッパの結界は、この世の次元ではないところにある。おぬしの魔力では失礼ながらようゆきつかんだろう。そこにあの淫魔が加わったところでな――永久に、それこそ、ルードの森をさすらっているだけのことだろう」

「アグリッパの結界の入口は、ルードの森にあるんではありませんので？」

「違うね。すべての賢者、見者の最終的にゆきつくところ――ノスフェラスだよ。ルードの森にアグリッパがいるなどとほざいたのは誰だ？　グラチウスか？」

「そうです。爺さん、本気でそう信じていたのかな、それとも自分でいっているほどたいしたことはないのかな」

「わしの結界がここにあるのは事実だからね」

イェライシャは認めた。

「誰のものかわからぬよう、それを一番気をつけて結界を張っているから、たしかに、外から見れば異様に大きな《気》をもつ結界があって、そのなかにどうやらかなり力のある魔道師がいるな、とわかるだろうからな。それは、グラチウスが、ルードの森にアグリッパの手がかりがあると思うのも無理からぬことかもしれんさ」

「でも、アグリッパが何回かあらわれて、その手がかりはみなルードの森にあった、と爺さんは云ったんですが」

「どんな手がかりだか知らんが、現在ルードの森に巣くっている有力な魔道師はわしだけだよ。ここにいれば、かの死霊だのグールだのの伝説でみたされているのでおそろしがってたいていの人間は入ってこん。この森そのものがかっこうの、下らぬものが近づいてくるのをふせぐための結界になっている。わしのことなどもうそろそろいかなドールも見限りはじめただろうが、それでもまだわしも安心はしきれんでな。これが、いったんドールにそむいた者の気の毒な末路というわけだよ」

「そうでしたか……」

「そう、だが、おかげで豹頭王がこの森にあらわれたときにはそれとなく見守っていてやることもできたしな――そもそもわしがルードの森をわしのアジトに選んだのも、豹頭王の最初にあらわれた地であるところのこのルードの森と、豹頭王とのふかいえにし、それに非常に興味があったということも大きい。魔道師ならば誰でもが、そうしてなんらかの《気》のあつまる場所、いわれ因縁のある場所、おのれとかかわりのある場所にひきよせられる。――アグリッパはもともとカナンの大魔道師だった。だからして、彼がアジトを作るとすれば、その入口はノスフェラスしかありえないさ。あの広大な砂漠は、ロカンドラスとアグリッパ、二人の大魔道師を隠しても充分なだけの広さとはかりしれなさをひそめていたからな。さ、行こう」

「有難うございます」

ヴァレリウスは立ち上がり、心から礼をのべた。

「このご恩は決して忘れません。――もしもこのすべてがおわって私のいのちがまだありましたら、いつなりと、私の御恩返しを要求なさって下さい。イェライシャ老師」

「だから、めったなことをいうものではないといっているだろう。そもそも、わしがもとはドール教団の祖であったことさえ失念しておるのかね。わしは回心したとはいいながら、おもとはドールの徒だったのだよ。そんなに簡単に魔道師を信用してどうする」

「それでも、私は自分の感覚を信じますよ」

強情にヴァレリウスはいいはった。

「グラチウスがどれほど親切ごかしにしてくれても、どうしても信用しきれなかったようにね。たぶん老師のおっしゃるように、私はよき魔道師であるにはあまりに感情的だし、人間的かもしれません。だからたぶん、私には導師や大導師に出世することはのぞめない、上級魔道師が限界かもしれませんけれども、その分、人間的な感情を残している分、私は人間としての直感や第六感を持っているのだと思いますから。私が信じるものはもうそれしかないかもしれない」

「まあ、な」

イェライシャは苦笑した。

「そのあたりがおぬしもなかなか可愛らしいというのは認めるよ。それでは、信じてくれたお礼にひとつだけ、またつまらぬ情報をやろう。ちょっと、おぬしと話しているあいだにおぬしの波動のパターンを受け取ったのでそれを使ってパロのようすを透視してみたが、おぬしの大切なあるじの身辺に気をつけたほうがいいぞ」

「なんですって」

たちまちヴァレリウスは真っ青になった。

「ナリスさまに、何か異変でも？」

「そうではない。いまのところは、パロの情勢は膠着状態になっているようだが、そうではなくて、アルド・ナリスのオーラの周辺に、なにやら、黒いちいさな影のようなものがいくつか見える。——どうも、そのなかのいくつかは確実に、ヤンダルの、最前わしがおぬしから除去してやった《魔の胞子》のように見えるよ。たぶんヤンダルがアルド・ナリスの身辺に送り込んだ間諜か、手の者だろうが、いまのところ、アルド・ナリスの周辺にいる魔道師たちに気づかれるほどには成長もしていないようだがそのうちに成長すれば、たとえナリスがどこへ移ろうとその手先が身辺にいるかぎり、ナリスはヤンダルを一緒に連れて歩いているのと同じことだよ。当然、ナリスのうつ手うつ手もすべて読まれるし、その手先を通じてヤンダルの《気》も術もごく簡単に送り込んでこられる。あの黒い影はすべて除去してやらないと、ナリスはまったく当人は気づかぬまま、ヤンダルにずっと思いどおりにあやつられていることになりかねぬ。——これについては、魔道師ギルドもジェニュアの大神殿も何の役にもたっておらんようだな。そのへんはやはり、ヤンダルの力はさすがというべきなのだろうさ」

「なんですって」

ヴァレリウスは蒼白になった。

「わかりました。いや、私も……ナリスさま御自身も、ヤンダルに操られているのではないか、という心配、またヤンダルの手先が潜入しているのではないかという不安はつねにあったのですが……ちょっとお時間を下さい。そのことを、あちらでナリスさまのお身を守っている仲間に伝えたいのですが」

「わしの結界のなかではおぬしの心話は通じん。だがここでは、結界をあけてやるわけにゆかぬので、わしと一緒に結界を出て、アグリッパの結界にむかう途中でそうするがいい」

「わかりました。——ありがとうございます。何から何まで」

「べつだん、善意ですることでも、好意ですることでもないさ」

イェライシャは云った。

「わしにはわしの倫理や論理がある。そしてわしはそれにそってしか動かん。だから本当はおぬしはわしに感謝することもいらんのだがね。まあおぬしの感謝はとりあえず貰っておくことにするよ。ではわしのさしだすこのまじない杖につかまって、目をとじ、感覚を遮断するがいい。一気に結界をぬけてノスフェラスへ飛ぶからな。かなり長距離の《閉じた空間》を使うゆえ、めまいがするかもしれん。極力感覚を遮断してルーンの聖句をとなえているがいい」

「わかりました」

ヴァレリウスはさしだされた、まがりくねって複雑な模様がきざみこまれた大きな杖のはしをしっかりとつかんだ。そして目をとじ、ぶつぶつとルーンの聖句をとなえはじめる。

「では、行くぞ。――よいか、飛ぶぞ！」

イェライシャの声がしたと思うと、一瞬、からだがそのまま溶解してゆくような異様な――だがむろんヴァレリウスにとっては知らぬものではない感覚が彼のからだをとらえた。

（ヤヌスよ！）

はてしなく落下してゆく感覚、そしてまた、はてしなく上昇してゆくような感覚――それが交互におそってくる。ヴァレリウスは叫び声をあげるまいと必死に歯を食いしばり、このようなときの魔道師なら誰でもするように当然の心得としておのれの心をもっとも占めているもっとも重大な事柄に集中して耐えた。

ふいに、からだがかるくなるような感じがして、イェライシャの心話が頭のなかにひびいた。

（もう、よいよ。目をあけなさい。ヴァレリウス）

「おおっ……」

ヴァレリウスは、おそるおそる目をあけた。そして、うなり声をあげた。

あたりの光景は、一変していた。それは、さきほどまでの魔道師の洞窟などあとかたもない、まばゆい白い光にみちたまるで異なる惑星にきてしまったのかと思うような光景であった。

どこまでもどこまでも、ひろがる白い砂の起伏――そして、そのところどころにこびりつ

くように生えている、小さな灰色のしげみのようなもの。

これほど広大な何もない場所があるとは、誰も思わぬような、それほど広大なひろがり。

「ノ……」

ヴァレリウスはうめいた。

「ノスフェラス……」

「そうだよ」

いつのまにか、かたわらに、イェライシャが立っていた。まじない杖をかるく砂につきたて、長い白い髪とひげとトーガのすそを、砂漠の熱い風に吹かせながら、目を細めてあたりを見回している。

「ノスフェラスのかなりそれでもここは南のほうだ。あちらをみるがいい、魔道師の視力ならかすかに灰色の山のようなものがつらなっておるのがわかるだろう。あの一番高いのが、有名な狗頭山、ドッグヘッドだよ。わしもグインによって五百五十年にもわたるグラチウスの監禁から救われたあと、べつだん、豹頭王グインが初代の王としておさめているこの土地にアジトを設定してもよかったのだが、いろいろ事情があってルードの森にした。ルードの森なら、ノスフェラスにも近いしな」

「おお……」

ヴァレリウスは、信じられぬものを見るように、まだ、あたりをきょろきょろとひたすら眺めまわしていた。そして、思わずかがみこんで、手のひらに白い砂をすくってみた。熱い砂はさらさらとこぼれおちてゆく。それは一瞬にしてまったく異なる世界にきてしまったかのようなそんな光景だった。

「おお……ノスフェラスだ。まことにノスフェラスだ……この砂は、カナンのかけらでできているのだ……手にしただけで、なんだか、カナンのうらみがつたわってくるようだ……」

「それがわかるか。そう、ノスフェラスは、魔道師にとっては、異常なまでに《気》をたかめてもくれ、また同時に異常なまでにつねに心をたかぶらせる、きわめて魔道的な場所だよ。ここでは魔道師たちは持っている能力よりもずっと多くのことができるようになるし、それにもっとずっと多くの悪いものをひきつける。——それゆえ、ノスフェラスをとてもいみきらうものも、熱病のようにひきつけられるものもいるということになる」

イェライシャは満足そうに熱い風にからだを吹かせながらいった。

「わしは、好きだよ。わしはノスフェラスが好きだ。たまにここにきて、カナンの永遠の悲哀を味わい、その無数の霊魂のうったえに耳をかたむけ、そしてそれが秘めているこの世界のもっともおおいなる秘密と対話する。もとはわしはロカンドラスとは、魔道師のあいだでは最も仲良くしてもらっていたものだったのでな。ここにきて、ロカンドラスと大宇宙の生成と滅びと黄金律とについて、力ある見者どうしでなくてはできぬような深い会話をすることもとても楽しみだったのだよ。ロカンドラスが入寂して淋しくなってしまったが、そのうちいっぺん、ロカンドラスの魂魄に会うためにノスフェラスへゆこうと思っていた。おぬしをアグリッパの結界へおくりこんだら、わしはロカンドラスの霊に会いにゆくとしようかね」

「……」

「おや」

意外そうにイェライイシャはヴァレリウスをのぞきこんだ。

「おぬしは泣いておるのだな。それは涙だ。——どうした。魔道師というものは、一生のあいだに、たぶんいちども涙など流さぬものだぞ。魔道師の心というものは通常の人間のそれとは違うのだから。まったくおぬしは異色の魔道師であることよな」

「お恥かしいかぎりです」

ヴァレリウスはあわてて道着の袖で目をこすり、なんとか涙をとめようとした。だが、涙はあとからあとからあふれては頬につたわりおち、ノスフェラスの砂にしたたりおちて白い熱砂をぬらした。

「どうか、いつもこんなに感情的なやつだとは思わないで下さい、老師。——いや、かなりそれに近いかもしれませんが、もうちょっとは魔道師としての義務も心得もわきまえたやつなのです。だが……このノスフェラスの白い砂をみたら、思わずこみあげてきてしまった。……あの——あのかたを……あれほどノスフェラスを見たがっていたあのかたをこうして、ここに連れてきてあげられたら……どんなにかお喜びになるだろう、そのままもう死んでもいいとおっしゃるだろう、そう思ったら……涙が止らなくなってしまったのです」

「やれやれ。おぬしのは、それはもう中毒だの、恋だのという以前のものだな。それは、ただ単に魂を奪われてしまった、呪縛されてしまったとしかいいようがない」

イェライシャはそれでもかなり同情的な口調で評した。

「わしにはわからんがね。わしは魔道師のなかの魔道師だからね。恋をするだの、自分ではない別の存在にそれほど深いかかわりをもつなどという感情は、千年も昔に切り捨ててしまった。いまでは、おのれの叡智にこそ興味はあっても、感情などというもの自体の存在を忘れかけている。そんなおぬしの感情の起伏の激しさ、その情念が直接生々しくわしにぶつかってくる感じは、わしにはけっこう新鮮だよ」

「……あのかたは信じられるだろうか。私がかえって、私はノスフェラスにたちました、この足でノスフェラスの砂をふみ、そしてノスフェラスの熱い風に吹かれました、と申上げたら」

ヴァレリウスはなかば夢うつつにつぶやいた。

「せめてあんなにもノスフェラスに恋焦がれていたあのかたのために、この白い砂をひとにぎり持ってかえってあげられたら——いや、だが、私がどこにどうやっていったかを知ったら、あのかたはきっと、私をうとまれ、私に嫉妬し、私に怒られるにちがいない。そんなことはないと云いつつ、たぶんあのかたは心のもっとも深いもっともやわらかい奥底で血を流すほどにねたみ、私をうらまれるに違いない。——あのかたはいつだってそうなのだ。あのかたはいつだって、本当に御自分のしたいことを口には出されない。本当に感じていることを、私が力づくで奪いとらないかぎり、なかなかおもてに出すこともなされない。——そのことであんなに重荷をしょいこみ、不本意な荷物をたくさん背負いながら、あのかたは……」

「みずからを偽ろうとする魂は、その偽りによって重荷を背負い込むことになるということさ」

イェライイシャは云った。

「さあ、ノスフェラスの時間の流れはほかの場所とは違う。——もう一度飛ぶぞ。こんどは危険な箇所も通過するので、しっかりとわしにつかまっていたがいい。そう、わしらは《グル・ヌー》の上を飛ぶからな」

「《グル・ヌー》」

はっとして、ヴァレリウスはいった。そして、深く沈み込んでしまいかけていた、あまりにも深い物思いからさめ、まるでいまはじめて自分がどこにいるのか気づいたとでもいうかのように胸もとに手をやって指輪をにぎりしめた。

（私のみているものが——私の感じているものが、このまま心話となってつたわって、せめてあなたの夢のなかに、ノスフェラスの熱い風を運ぶことができたなら……）

ヴァレリウスはつぶやいた。

（ああ——あなたにノスフェラスを見せてさしあげたい。——私にもっと力があれば……もっともっと、力があったら……）

（こんなところへ私がくるよりもどんなにか……あなたがおいでになったほうが、多くを見たりきいたり――そして心までもはてしなくさまよい出てゆけたでしょうに……)

(ああ、ナリスさま……あなたは身も心も運命のかせに縛られてジェニュアの地をはなれられずにおいでになる……)

「飛ぶぞ」

ややそっけなくイェライシャがいった。そして、ヴァレリウスの肩をつよい指でつかんだ。ふたたび浮遊感覚と、そして落下の感覚と、溶解してゆく奇妙な不快感がヴァレリウスをとらえた。そして、同時に、なにかがちくちくとぶつかってくるような異様な、さきほどはなかった感覚も――

(なんです。これはなんです、老師!)

(ルーンの聖句をとなえろ。われわれは《グル・ヌー》の縁辺を抜けているのだ!)

イェライシャのいらえがかえってきた。

(目をあくなよ。まだ何のそなえもない状態で《グル・ヌー》を見ると危険だ――もうすぐ過ぎる。よーし、一番、瘴気の強いポイントをぬけるぞ。身を守れ。ヴァレリウス、身を守れ!)

(はい!)

ヴァレリウスはかたく感覚を遮断した。ふいに、その、ちくちくと瘴気がおそいかかって下にひきずりよせようとしているかのような奇妙で不快な感覚が圧倒的につよまったかと思うとときれた。そして、ヴァレリウスはおのれのからだがすごいいきおいで大地にふわりと投げおとされるのを感じた。

「さあ、ついた」

イエライシャの声がした。ヴァレリウスはまた目をあけ――

そしてまた唸った。

三たび、目のまえの光景はまったく変貌していた。そこに展開されていたのは、同じノスフェラスとはいいながら、さいぜんのあの白い、光りかがやく砂漠とは似ても似つかない、さらにおどろくべき光景であった。

あたりは、灰色がかった白い奇岩がごつごつと突出しながら続いてゆく、岩の原になっていた。その奇岩はどれをとってもひどく奇妙な、ありうべからざるようなかたちをしており、ねじくれて、ゆがんでいた。まるで誰か巨大な子供が面白半分に、ひねって妙なかたちにしてはそこの大地に岩をつきさしていったかのようだ。そして、そこ全体にたちこめている瘴気は――

「うわあ」

ヴァレリウスは叫んだ。

「なんという瘴気なんです、これは。まるで地の底からわきだしてくるみたいだ」

「そのとおりなのさ。このさきが、かの――ロカンドラスがとても深く研究していたあの《星船》のある地底の洞窟への入口だからな」

「おお、なんということだ」

ヴァレリウスはさすがに異様な激しい興奮を覚えながら叫んだ。

「私は——それでは、私は、老師のおかげで、こんなところへまで……」

「おぬしていどの魔道の力だと、単独できておれば、おそらくはもうこの瘴気につかまって、この地を出ることはかなわぬだろうよ」

イェライイシャはいった。それはただの冷徹な事実であったから、さしものヴァレリウスも腹もたたなかった。

「さあ、くるがいい」

「なんと」

ヴァレリウスは仰天しながらいった。

「いま、星船があるとおっしゃいましたが……いったい、老師は、どこへ……」

「アグリッパの結界だといっただろう」

イェライイシャは無雑作にいう。そして、杖をふりあげて、前方をさししめした。

「見るがいい。あれが、アグリッパの結界の入口——というか、アグリッパの結界の次元に通じている回廊だよ」

「おおっ——」

ヴァレリウスは驚愕の声をあげた。

突兀とたちならぶぶきみなその奇岩の森——

死者たちの白骨がたちならんでいるかのようにもみえる、その白灰色のぶきみな岩の原の彼方に、さらに巨大なひとつの白い、モニュメントのようなものがたっていた。

おそろしくたけの高い建造物だ。だが建造物といっていいかどうかはわからなかった。なぜなら——近づくにつれて、それが、無数の髑髏をびっしりとちりばめた、髑髏で作られた巨大な塔だということが、ヴァレリウスにもわかってきたからだ。

第四話　真冬のルノリア

1

「ナリスさま」

小姓が入ってきたとき、ナリスは寝台に身をよこたえてカイに足や手をさすってもらっているところだった。さすがに、このところの急で激烈な展開と、それにともなう移動やたたかいや、健康なものでもつらいような日々のつづきが、ナリスの病気のからだにはひどく影響を与えていたので、ちょっと状態が膠着状態になったとたんに、ナリスは体力の限界にきてしまっていた。このところ、一両日ばかり、ずっとナリスは寝床から起上がることのできない日が続いていたのだ。

むろん、ナリス軍のおもだった武将たちも、ジェニュアの僧官たちもひどくそれについては心配していたが、どこかが病んでいるとか、怪我でそれがよくなれば直るとか、治療をすればいいような問題ではなく、ただ、ナリスの現在の体力にはあまる日々がつづいた、ということであるだけに、ただもうナリスが静養して、ちょっとでも具合がよくなるのをひっそりと待っているほかはどうすることもできなかった。また、そうして熱を出して病床にあってさえ、そのナリスひとりが頼りとしかいいようのないありさまになっているいまのナリス軍は、かれをそっと静養させておいてやることも不可能だったのだ。

「しずかに。ルイス」

カイがむっつりと注意した。

「ナリスさまは、おかげんがよろしくないんですから、あまりどたばた入ってこられると、おからだにひびきます」

「これは、失礼いたしました」

あわてて小姓は膝まづいた。ナリスは蒼ざめた顔でぐったりと寝床によこたわり、背中にだけちょっとクッションをかってからだをななめにしていたが、力なく笑った。

「大丈夫だよ。それよりも報告を」

「は、はい」

小姓は思わずも、大丈夫なのだろうかというようにナリスを見やって、あわててまた目をそらした。

「御命令のとおり、今日と昨日のクリスタル市中に出された公布と布告、それにパレスがたがあらたにまいたチラシを持ってまいりました。——こちらにおいてまいればよろしゅうございますか」

「ああ、有難う。カイに渡して」

「はい」

小姓が出てゆく。ナリスは、カイに手伝わせてざっとそれらのものをあらためた。

「相変わらずだ」

一瞥で興味の大半を失ったかのように、かるく肩をすくめようとしたが、いまのナリスには、そんなかるい動きさえもたいへんだったので、かるく首をふっただけだった。

「何も新しい動きはないね。あいかわらず、私をパロの国賊として告発する文面と、リンダとの連名の非難の布告——それに、ちょっと目新しいものとしては、ナリス軍に加わり、あるいはジェニュアにむかったものはすべて逆賊とみなして、逮捕しだい投獄、処刑する、という宣言くらいだ」

「こちらも、そのつど対応するチラシはまいておりますし」

カイは、そのようなことより、ナリスのからだが心配だといいたげだった。

「ナリスさま、なんだかひどくお辛そうで……またお熱があがったのかもしれません。はかってみましょうか」

「はかって、熱があるとわかったところで、どうなるものでもないよ」

ナリスは苦笑した。

「どうもひどくのどがかわいてしかたがない。カイ、カラム水を」

「はい」

ナリスは熱いカラム水が好きだったが、このところ、熱のあるせいか、冷たくひやしたものを所望する。カイは心配そうにそっとカラム水をいれた吸呑みをナリスの口もとに持っていった。ナリスの両手は、かるい銀の吸呑みをささえることさえ辛そうに、そっと布団の上に投出されていた。

「本当は……気候のよい、しずかなところで——マルガのような、でございますね……当分ゆっくりおやすみにならなくては、おからだのほうがなかなか……カリナエを出て以来の御無理がとうとう出てきてしまっているのだとカイは思いますから」

「なさけない王もあったものだね」

ナリスはかすかにほろにがく笑った。

「やはり私としては、一刻も早くリンダを救出し、リンダにパロの聖女王についてもらって、私はその役たたずの夫としてしずかにひっこんでいたいところだよ。——気が弱ったわけではないが、こんなからだで王だの、反乱軍の首魁だと名乗っていることさえ、気ぶっせいでしかたがない。皆がいったい本当はどう思っているかと思うとね」

「何をおっしゃいますか。皆、ただひたすら、ナリスさまだけを頼みの綱にここまでおつきしてまいりましたのに」

「ナリスさま」

そっとノックして、別の小姓が入ってきた。

「伝令でございます」

「ああ。何」

「この書状が、サラミス公ボースさまより。それと、アルゴス軍からのお使者のおかたが参っておられます」

「なんだって」

ナリスのおもてにかすかに血の色がよみがえった。

「それは、それは。――すぐ、お通しして。それもずっと待っていた使者だ」

ヴァレリウスがナリスをおいてアグリッパを求めて去り――

そして、ナリスがからくもジェニュアに入ってヤヌス大神殿にその身をたくしてから、のったりと何ごともない、膠着状態の日々が流れてすでに五日ばかりたっている。

そのあいだ――ナリスがジェニュアにとびこんだ日の翌日から、聖王宮はいっそぶきみなまでになりをひそめ、といって緊迫した空気が去るわけでは当然なく、いうなれば一種独特の緊張したにらみあいの状態が、ジェニュアとクリスタル・パレスのあいだでずっと続いているような感じだった。

《闇の司祭》グラチウスとヴァレリウスが、ジェニュア街道で《竜の門》とそれにあやつられるゾンビーと化したオヴィディウスのひきいる、レムス軍に追い詰められていたナリス軍を救い、《竜の門》の竜頭の騎士たちがグラチウスにほふられ、そしてナリスがジェニュアに入ったその夜のうちに、レムス軍をひきいていたマルティニアス以下、聖騎士団は聖王宮にひきあげ、そのまま、聖王宮の門はぴたりととざされていた。

ランズベール城は近衛騎士団に包囲されて炎上し、翌日までも燃え続けて、最終的にランズベール城に残っていたランズベール騎士団はランズベール侯もろとも全滅した、といういたましい報告がナリスのもとへもとどいていたが、そのなまなましい焼けあともそのままに、聖王宮は近衛騎士団と国王騎士団、さらに聖騎士団のいくばくかの巡回を強化し、きびしい守りの態勢をかためた。だがそれがいまのところ、王宮側が見せた最大の動きであって、ほかには、ジェニュアにむけて進撃するための軍の編成をいそいでいるようすも見えない。少なくとも、ナリスが送り込めたかぎりの斥候からもたらされた報告では、かえって不安になってしまうくらい、王宮側は完全な守りの姿勢に入っているようすだ。

もっとも、いまの聖王宮のなかがどうなっているのかは、もう誰にもわからぬことであったから、その内部がじっさいにはどのように動いているのかは、誰にもわからなかった――ナリスが送り込んだ斥候といったところで、せいぜいが下級魔道師である。それがどこまでキタイの竜王の結界をつき破って本当の相手がたのようすを観察できているのか、あるいはただそういうまぼろしをみせられるか、そう思い込まされているだけだという可能性さえないわけではない。そのことは、ナリスが、おのれの軍の司令本部の面々にたえず、決して忘れぬように、と申し渡していることでもあった。

(とにかく、私たちの相手にしているのは、通常の敵ではないのだ、ということを、一瞬も忘れぬことだ。……でないと、たいへんな失敗をしでかすことになりかねない。相手がいったいどういう常識では考えつけない方法で我々を迎えうとうとしているのか、それもわからないのだから。――つねにあのオヴィディウスのゾンビーのことを忘れないことだよ)

それは、司令官たちのほうはたしかに忘れることはできぬかもしれぬし、また、直接その死霊のおぞましいすがた、竜頭の騎士たちの怪物じみたすがたを見たものにはまた決して忘れることのできぬ経験であっただろう。

だが、直接戦う騎士、兵士たちで、その恐怖に直面しなかった部隊については、かえってあまりにそれを浸透させて、その超絶した敵の力に怯えさせたり、恐怖させたりする結果になってしまうのも、ナリスにとっては、みずから竜王の手に乗っておのが力をよわめてしまうことにほかならなかった。

（くそ……とにかく、あちらはこのままでずっと王宮を守っていればいいというわけはない。必ず、いまにしかけてくる——それがいつになるか、それですべてが決まる……）

（それとも、あちらは、じっとああして表面をとりつくろいながら宮廷の内部をひそかにおのれのゾンビーたちのあやつる死の巣窟にかえてゆこうとしているのか。そして、私がたまりかねて短慮に走り、飛出してゆくのをいまや遅しと待っているのか……そう、その可能性もある）

（だとしたら、それにひっかかってこちらから仕掛けていったときがアルド・ナリスの最期のときだ……最期ならまだいい、あちらが最終的に狙っているのは、反乱軍の首領、反逆の大公、聖王位の簒奪者を討つことでさえない……竜王が狙っているのは、ひたすら、この私を追い詰め、追い詰めてパロからおびきだし、はるかなキタイへ拉致し去ってパロの秘めてきた古代機械の秘密をわがものとすることなのだから……）

（そうやって……ついに敵は私をカリナエからおびきだし、ランズベール城からもおびきだすことに成功した。だが、ジェニュアにとびこんだのは……最初の私の計画にあったことじゃない。私はランズベール城からなんとかして、古代機械に到達し、その力を使って一気にカレニアへ逃れることをも考えていた。……そうできなくなった以上、だが逆にまた、これはなりゆき――私にとっても苦しまぎれのなりゆきだったが、それだからこそこれだけは竜王にあやつられて向こうの思いどおりに動かされた結果ではない、と多少は信じることができる）

（むろん、ジェニュアだからといって――ヤヌス大神殿だからといって、まったくあてにはできぬ。相手はキタイの異教徒だ。ヤヌス大神のご利益がどこまで通じるものかも――そもそもそういう具体的な力に対して、すでに広範な大衆のおだやかな信仰の対象と化しているヤヌス教がどこまでたちむかえるのもなのかもわからぬ。――だが、私は……ヤヌス教そのものの直接の力、ヤヌス十二神の力などというよりも……私がジェニュアにあることによる、パロ国民の世論に対する影響力を重んじる。いくら無法な竜王といえど……一千万パロ国民の全員を竜王ただ一人の魔力によって完全にあやつり人形とすることはできぬ。そして、ヤヌス大神殿はいまだに、パロ国民にとっては、唯一クリスタル・パレスに匹敵するだけの巨大な影響力をもつ聖所であり、それをたとえばランズベール城同様の憂き目にあわせることになったら、これはパロ国民が黙ってはおらぬ）

（国民のいない王国を統治するわけには、いかな竜王といえどもゆくまい……太古の昔なら知らず、少なくとも文明の時代であるいま現在となっては、国民の意志や意向が国家を動かす可能性だって充分にある……私が頼りたかったのはまさしくそれ……）

（そう、ヨナもその私の考えは正しいと力づけてくれた……たとえこのあとどれだけの軍勢が私についてくれようと、カラヴィア公がつこうとアルゴス軍がつこうと、相手がキタイの竜王だと考えると私は安心できぬ——ヤヌス大神殿も魔道師の塔もその魔力をあまりあてにはできぬ——といって、ヴァレリウスがあれほどおそれるまでもなく、私とても魔道のはしっこを齧った身の上、黒魔道師でありドール教団の祖でもある〈闇の司祭〉グラチウスにパロの守りをゆだねる、などというのが——いったんは彼のおかげで九死に一生を得、窮地を脱したにしたところで——どれほど危険をはらんだことであるかはこれまたよくわかる。わかりすぎるほどわかる）

（そう……だが、たとえそのひとりひとりはどれほどキタイの竜王のような大魔道師の前に無力であろうと、それが何万人何百万人集まろうと同じちりあくたであるように見えても……国民は違う。国民だけは……国民だけは信じていいものであるはずだ……）

（キタイの竜王が、このパロに、中原の地に、その全域をただ暗黒の魔道の力が支配する一大暗黒魔道王国を建設する気であるのならば格別——いや、最終的にはそうであるのかもしれないが、ならばなおのこと……いま私が信じるべきは、最終的にただひとつ信じなくてはならぬのは……国民だ。ひとつのどこそこの勢力、なになに大公軍、どこの国の軍隊などではなく——あまりにも数が多く、一人一人は何の力も持っておらぬかわりに、決して全員を根絶やしにすることのできぬ、草の根のような民衆たちだ。——かれらが動けば……パロは、なによりも強い力にささえられる……黒竜戦役だって、結局のところさいごにモンゴール軍をはねかえし、パロから追い払うことができたのは、なにも決して私の手柄でも私ひとりの力でもなかった。そのことは一番、先頭にたっていた私がよく知っている。……私はたしかに、私の名においてパロをモンゴールから奪還したが、それは、国民たちの支持があればこそだった。私はかれらの代表であり、だからこそかれらは何の武器もなくともくじけることなくたたかい、私を支援し、うしろから支えてくれたのだ……）

（そう、ヨナもいうとおり……いまはただ、私にできるのは、その国民の底力というものにたよることしかない。……直接なんらかの命令系統に属している騎士たちはあるいは、その命令系統の頂点をさえおさえればかんたんに、おかしいと思いつつも、必ずしも精神を操縦されているのではなくても敵のいうがままになってしまう可能性がある。だが国民たちは大勢すぎて……しかもなんのそういう命令系統も持っていない。だから、かれらがおかしいと思い、叛旗をひるがえせば——民衆の力をすべて根絶やしにすることはパロを手にいれたいと思うならばまったくの矛盾になってしまう。そうすることは、パロそのものをこの世から消滅させることになってしまうのだから……）

（そう思えばこそ、私は——あせる思い、はやる心をぐっとおさえ、リュイスの仇討ちにといさみたつ武将たちをなだめすかし、ヴァレリウスが戻ってくるまでは、といいくるめつつ、地道に公報活動を行なって、いまのパロ国王はすでにキタイの傀儡であること、キタイのおそるべき侵略から国民自身がパロを守らなくてはならぬのだということをときつづけ――世論を喚起させようとしつづけているのだが……)

それはあまりにも、武将たちの理解を絶する方法であるからだろう。なかには、ナリスが敵の力にひるんで怯えてしまっているようにうけとるものもないではないらしい。まして、ナリスがこのようなからだであってみれば、なおのことであった。

それに、世論を喚起して味方につける――というようなことがらは、ヴァレリウスやヨナにこそまったく自明の理として理解されても、ルナンやその部下のリーズ、カルロスなどまったくただの武将としてしか経験をつんでこなかった武人たちには、想像を絶したたたかいの手段でしかない。かれらには、世論だの、国民の意志だの、というような概念は存在しない。かれらが理解するのはただ、武力をもってのぶつかりあいだけだ。

(なんだか、武将たちと話していると、ときに――まるでまったくことばの通じない猿人とでも話をしているような気がしてくることがあるな)

ナリスはかすかに溜息をついた。それはナリスにとって、しだいに重大になりつつある問題であった。

このからだで、しかも衰弱しがちなナリスであってみれば、どうしても、直接戦場にたつことは不可能である。また、いかに伝令と魔道師網を駆使して常人には不可能なような緻密な指揮をとるといっても、自分のからだが直接いうことをきかぬというのは、どうしても健康な大将が指揮をとっているよりもワンテンポ遅れがちになるのはしかたないことである。

それでなくとも、最初からのナリスの懸念は、おのれの側についてくれた者たちに、きっすいの武将が少ないことであった。魔道師の塔を完全に掌握したいまとなっては、魔道師、そしてヤヌス大神殿、と、いわば文の戦いを手助けしてくれる戦士にはことかかない。だが、やはりなんといっても直接のたたかいをおこなうのは武人だ。そして、ランズベール侯リュイスが城をまくらに戦死したいまとなっては、ナリスがいま手元に持っている有力な武将というのは、聖騎士侯ルナン、その部下の聖騎士伯リーズ、カルロス、ルナンの娘、リギア聖騎士伯、それにカレニア衛兵隊の隊長リュード、カレニア伯ローリウス、そのくらいでしかない。ルナンも勇猛ではあるし、カレニア軍はあてにできるといっても、それはあくまでもカレニア軍として、ということだけだ。カレニア軍の内部は整備されていたとしても、それは聖騎士団を統御してゆく役にはたたない。

そしてルナンは老齢であった。リーズ、カルロスはまだそこまでは——病身のナリスにかわって戦場で先頭にたてる器は持っていない。といってルナンでは、意気だけはさかんでも、すでにあまりにも年老いている上に、もともときわめて頑固な人柄で、勇猛とはいえ、その意味ではナリスは必ずしも信頼はしきれない部分がある。

(爺の、忠誠を信じないのではない——ただ、爺では……総大将のかわりはつとまらぬ……)

といって、女のリギアでは、たとえいかに勇猛であろうと、男まさりの技倆をもっていようと、たとえば同格のリーズやカルロス、位的には上のローリウス伯爵などを命令してゆくことは難しい。

(私のかわりがつとまるような……そう、私の意向をうけて、私の代理としてたたかってくれる武将さえいてくれれば……いや、武将でなくてもよい……)

たたかいが思いがけず長期化しそうな見通しがでてきたいまだからこそ、それはナリスにとっては、もっとも緊急であり、しかももっとも火急の重大な切迫した問題である。

(ベックが、せっかくああして私のことばをききに訪れてくれて――いっときは、これが希望の曙光かと思ったものだったが……)

ナリスは、ひそかに、従弟ベック公の運命をひどく心配していた。

ベック公は、ナリスに、おのれの目で聖王宮とレムス王の現実を確かめるまでは納得できぬ、といいのこしてジェニュアをたち、クリスタル・パレスに入ったきり、何の音沙汰もない。それはナリスからみると、すでにもう絶望――にちかい状況を意味していた。ヨナも同意見であった。

(だからあれほど――宮廷に戻ってはならぬと……いったん戻ったらもう二度ともとのあなたでは外には出られぬかも知れないよと……私がいったのに……あなたは信じなかった。――あなたはいまごろ、竜王に洗脳され、第二のレムスとなってしまっているか、それとも……おかしいと気づいて剣をぬいて、逆に殺され、第二のオヴィディウスとなってしまっているか……いずれにせよ、もとのあなたにはもう会えないかもしれぬという予感がする……)

ベック公は聖騎士団の総団長であり、純粋な武人の少ない現在のパロにとっては、総司令官にして大元帥、というきわめて重要なポジションにある王族である。

聖騎士団はそれぞれの聖騎士侯の騎士団にわかれ、そのなかにその聖騎士侯に所属する聖騎士伯の部隊が包括されるかたちで構成されているが、そのトップにいるのは、聖騎士団団長という地位をもつベック公だ。公式的には、ベック公だけが、すべての聖騎士侯騎士団の召集権、発動権、指揮権を持っている。むろん聖王も非常時の指揮権を持っているが、それはあくまでも非常時のものである。

（ベックが――私についてくれれば――少なくともいまはまだ、精神を操られておらぬクリスタル・パレスの聖騎士侯たち、その下の騎士団たちはみな……全員、ベックともどもこちらに動いたはずなのだが……）

それを非常に期待をかけていたので、ベックにはひんぴんと使者を送り、なんとか会見をとはたらきかけていた。それが折角成功し、しかもベック公も半信半疑ながらナリスのことばに耳をかたむけたというのに、そのままそれをクリスタル・パレスに奪い取られてしまった――それが、ナリスにとっては、痛恨の一事となっている。もっとも、ベック公がクリスタル・パレスに入り、反逆軍をたいらげるために聖騎士団を組織して動き出した、というような情報もまた、まだ入ってきてはいないのではあるが。

（ベックが私の右腕となってくれたらどれほど安心だったか――いや、だがもうこれはいってもしかたがない……これは運命だ。ベックが私をそこまで信じきってくれることができなかったのだとすれば、それは……ベックとのあいだに――何回もともに戦いもし、いとこどうしというごく近い血族でありながら、信頼関係を築いてこられなかった私が悪いのだ……)

(だが、そうなるとあとは……私にかわって戦ってくれられるのは……カラヴィア公アドロンか……それともサラミス公ボース——地方の武将では、いかにも聖騎士団を統率するのにいろいろいざこざが出てくるのは覚悟しなくてはならぬが……それはたぶんもう、どちらにしても誰がでてきてもおこってくることだろう。私以外のものだったら。——あるいは、でも、もう一人だけ……)

(そう、お前だよ——ヴァレリウス)

ヴァレリウスは武人でもなんでもないし、魔道師であるし、宰相である。だが、ヴァレリウスの場合には、ヴァレリウスの口から出る命令はすべて、ナリスから直接出てくるのと同じだ、とひとびとはうけとるだろう。だから、ヴァレリウスがいれば、ナリスにとっては、おのれがもうひとつの健康なからだを得たのと同様に、陣頭指揮をすることができる——ことに魔道師のヴァレリウスには、はるかな戦場にあっても、心話を用いて逐一戦闘の状況をナリスに伝え、その指揮をあおぐということができる。

(私にどれだけの指揮能力があるかも知れたものではないが……とりあえずは、皆が信じてくれているこの虚名、パロの独立をとりかえした名将、という虚名があるうちはそれに頼ることもできるのだから……)

(そう——その意味では……ともかく早くヴァレリウスがかえってきてくれさえすれば……

……)

ヴァレリウスが、グラチウスに頼ることをおそれて、アグリッパを探しにたっていった、というのは、ナリスには理解できぬことではない。だが、ようやく王宮から脱出して戻ってきてくれた、とほっとしたやさきだけに、きわめて失望は大きかった。

(戻ってくるなり——また私のもとをはなれていってしまった……)

ヤヌス大神殿は、グラチウスの接近についてはことのほか神経をさかだてている。先日もナリスは、大神殿の幹部たちからはっきりと、「ナリス陛下は、〈闇の司祭〉と知ってかの黒魔道師の支援をお受けになるおつもりか」と激しく詰め寄られたばかりであった。事情をあるていど理解はしているから、ヤヌス大神殿側も、ただちにグラチウスをしりぞけぬかぎりジェニュアにナリス軍の本拠をおかせることは断る、とまでは強弁できない。だが、このまま黒魔道の援助をうけるのであれば最終的には——という、そのていどの恫喝は受けていた。それに対してはナリスのほうも、なにもグラチウスと手を組むつもりはもともとないこと、のらりくらりとごまかしはしたが、(だが、それならば——口清くいっていて、ではヤヌス大神殿だけの力で、キタイ勢力の魔力にどう立ち向かえるというのだ?)というもどかしさと怒りはひそんでいる。だが一方では、〈闇の司祭〉グラチウスへの、決して消えぬ不信感も確かにナリスのうちにはある。

ナリスの胸はそれはそれで、千々に乱れていたのであった。

2

「ナリスさま」

ナリスがアルゴス軍——というかスカールからの使者との会見を終わって、ようやくほっと身をまた寝台に横たえたとたん——といっても、ずっと寝たきりの会見ではあったのだが——リギアが入ってきた。

「ごめん下さいませ。スカールさまからのお使者が参ったときいたものですから」

「ああ、どちらにしても、あなたを呼びにやろうと考えていたよ、リギア」

ナリスは、ひどく疲労の色が濃かった。

リギアは気がかりな目でそのナリスの顔を見やった。朝からくらべても、またさらにげっそりとやつれ、幽鬼のように分厚い疲労の膜でおおわれてしまったように見える。顔色とようすだけからいったら、戦場にある反逆の大将どころか、瀕死の重病人としか見えぬだろう。

「おからだのおかげんがひどく悪そうですわ、ナリスさま。——といって、ナリスさまのお指図を受けなくては、私たちはどうすることもできないのが申し訳ないですけれども」

「いや、大丈夫……このあと、モース博士がきてくれることになっているから……ちょっと、薬をもらって、やすむよ……まだ、大丈夫」

ナリスはか弱い声で云った。その声も疲れてくるとともと喉をやられているのがさらにひどくなって、ほとんどききとれぬほどのかすれ声しか出なくなってくる。リギアはその苦しそうな、きいているとこちらも苦しくなってしまうような声をききとろうと、そばに寄った。ナリスはかすかに合図した。すぐに見逃さぬカイがカラム水をナリスの唇にあてがう。そうやってひっきりなしに咽喉を湿さなくては、そのかすれ声さえも出すのが辛いのだ。

「とても大丈夫には思えませんけれども——でも、重大なことですからこれだけうかがわせて下さい。スカールさまは、なんと？」

「スカールには……すでに動かしてくれると約束していたスカール軍のみならず……アルゴス正規軍そのものへも……アルゴス国王へも……はたらきかけてくれるよう……頼んだんですよ」

ナリスは苦しそうにいった。

「感触は悪くはない……だが、いいともいえない。スタック陛下は、まあ当然のことながら、いったい何がどうなったのか、パロでなにごとがおこっているのか、きちんと見極めてから返答したいという、慎重なかまえだったようだ。……まあ、私がスタック陛下でもそうするだろう。だが、即座に狂人あつかいされなかっただけでも——まったくそんな怪異だの魔道と縁のない草原の国に助力をこうた結果としては、悪くないといわなくてはならぬだろうな」

「スカールさまは、どこに？」

「気になる？　リギア」

ナリスは、こんな状態でも、いかにもかれらしい皮肉な微笑を一瞬かすかにうかばせた。

「たぶん、もうじき、ここについて私たちと合流してくれますよ、彼は。……なにしろ、彼については——彼の動きについては、われわれ普通の人間にはまったく理解できぬものがあるから、なんともいえない。一番最近に彼の居場所をつかめたのが、私の送り込んだ魔道師がかろうじて見付け出して出兵の要請をできたときだった。だが、その魔道師がつかまえたときと、その魔道師が戻ってきて私に報告したときとではたぶんもう、スカールと騎馬の民の居場所はまったく違ってしまっているはずだ。それに、さっききた使者自身も、いまスカールがどこにいるかときかれても、『さあ……』としか云わなかった。たぶんもうダネインはこえただろう、というけれども、それもわからない。もしこえたとしても、まだ早いと思えばまた風のように草原へ戻っているかもしれない。あるいはダネインを迂回してパロ国境内へ潜入しているかもしれない……なんとも、つかみどころのない人たちだからね。いったいどのくらいの軍隊をひきいているかときいても、『さあ……どのくらいの部族に声をおかけになったかも、私ではよくわかりませんので……』という返答だった」

「そんなに、お話になって、お苦しいのでは？　肩で息をしていらっしゃいますわ」

「大丈夫。スカールの話をしているとね、私はちょっと……まるでスカールという存在そのものが私にエネルギーを送り込んでくれるかのように……ちょっとだけ力がみなぎってくるのを感じるよ。……このごろでは、まるで私は……まるで、精神だけで生きている生命体になったような気さえすることがあるな。いっそ、本当にそうだったらどんなにか楽なんだろうに」

「……あまり長いこと、そのナリスさまのせっかくわいたお力をつかわせてはいけませんし、早くひきあげますけれど」

リギアはそれをきいても安心するどころか、いっそう心配でたまらなくなったようだった。

「スカールさまがいつごろこちらに入られるとか、それもまったくわかりませんの？」

「わからない、正直いってかいもく見当もつかない。だが、きてはくれるだろう。そしてたぶん間に合ってくれるだろう。私はそう信じるよ。でなければ私もジェニュアから動くに動けない。……アドロンのほうも――まあ、アルラン公弟を通じての交渉なのだが、かなり煮え切らないのでね……いや、こちらはしかし、理解はできる。アドロンは、大事なアドリアンの生命のことをひどく気にかけている」

「それはもちろんそうでしょうとも」

「兵を動かしたこと自体も、いまだに、はっきりとはパロ国王にたてつく行動ととられぬよう、あれこれ口実をもうけているしね。私のほうと、レムス側と双方にさかんに使者や密書をやりとりしているようだが、その主たる思うところは結局、アドリアンさえ無事に助け出せたら、すべてはそれから考える、ということのようだ。だからどうしても、私にたいしても積極的に助力する、味方につくとは云い切らないし、といってレムス側をももう信用はまったくしていない。ただ……」

「ただ、カラヴィア公として叛旗をひるがえしてしまった場合、人質になっているアドリアン子爵が処刑されるのではないかということを、極度に恐れているのですね」

リギアは嘆息した。

「無理もないですけれど。アドロンはもとから、アドリアンを溺愛していましたしね。まあ、可愛い子だし、それはいい子だし……本当に御自慢の子息ですから、その気持は私にはよくわかりますけれど。でも、だからこそ、このままでいたらどうにもなりませんのにね……」

「そう、だから、とにかく、私としてはアドロンへは、私がリンダを、アドロンがアドリアン子爵を救出するための世論の喚起につとめる、それには最大限の協力をしてほしい、とだけつよくいってあるのだがね。アドロンはとにかく、アルラン伯爵がこうして軍隊をひきいてクリスタルにむかっているということ自体を、レムスがどう受け取るか、ということを何よりも気にしているようだ」

「それでは当分このままということですの？」

「まあ、そういうことになるね。……ともかく、ヴァレリウスが帰ってきてくれないことにはね」

「帰ってくるのでしょうか？」

思わず、こらえきれずに、リギアは反射的につぶやいた。それから、おのれの発したことばにはっとしたかのように、口をおさえた。

「失礼いたしました」

口重くリギアはわびた。

「こんなことを申上げて――お加減の悪いアル・ジェニウスのお心を乱すつもりではなかったのです。申し訳ございません」

「いいよ、リギア」

ナリスはぐったりと枕の上で目をとじた。その顔は、疲労の極限をさえ超えてしまったかのように青白く、死人のようにぐったりしていた。

「それは私が……私こそが一番知りたいことだよ。……無事に帰ってきてくれるのだろうか？　いったい、どこで何をしてるのだろうか？　いつ帰ってくるのだろう？　むろんヴァレリウスだって、何も物見遊山にいったわけじゃない。それどころか、それがわれわれを勝利にみちびく最大の、唯一の方法と信じていったんだ。どれほどきびしい試練にあっているか、どんなおどろくべき体験をしているか、私たちにはおしはかることもできない。……だが、あまりにヴァレリウスさえいれば――ヴァレリウスがいてくれれば、とばかりいっていたら……それこそ、私は反乱の首魁としてあまりにもふがいないことになってしまう。……自分がこんなにヴァレリウスに依存していたとは思わなかったよ。我ながらちょっとどうかと思うな」

「ヴァレリウスに、という問題ではございませんわ。だってナリスさまはおからだが……」

「なんだか、この二日ばかり……ちょっと、おかしいんだ」

　ナリスはかよわい声でいった。カイがなんとなくはっとしたように、いつも影のようによりそっている寝台のかたわらでつと身をおこして、ナリスに身をちかづけた。

「おかしい？」

　リギアはするどくいった。

「どう、おかしいんです」

「ヴァレリウスの……夢ばかり見る。それも……ヴァレリウスが……聖王宮で拷問されているところや……ノスフェラスで、そう——ノスフェラスでむざんなむくろをさらしているところや……目のまえで殺されてゆくところを……天から落ちてくる黒いすがたがぐんぐんと大きくなって……」

　ナリスは思わずたえかねたように、弱々しく手をあげて目を覆おうとした。あわててカイがその手をおさえた。

「ナリスさま。お手を使われぬほうが」

「あれは、アルノーでしたのよ」

　するどくリギアは叩きつけるようにいった。

「アルノーには可愛想なことをしましたけれど。——でも、あれはアルノーだったのですわ。……アルノーも有能な魔道師だったですけれど、ヴァレリウスは上級魔道師、アルノーよりもずっと力はあるはず。……ナリスさま、そのお夢というのは……敵がたのワナだという可能性はございませんの？　私には魔道のことは、どうしてもよくわかりませんけれど」

「そのことも、よく考えてはいるよ」

ナリスは苦しそうにいった。

「その可能性も否定はできない。——毎晩、眠りにつくなり、ヴァレリウスがむざんなすがたをさらし、苦しんでいる夢に悩まされる。夜中に悲鳴をあげて——といっても私の悲鳴だから、誰にもきこえぬていどのものだけれど——目をさましてしまう。それで寝られなくて……それもあってこのところひどくからだが弱ってしまった。だが、これが竜王の、ヒプノスの術、夢をあやつる魔道の攻撃だとしたら、ジェニュアのヤヌス大神殿にあってさえ、ヤヌス教団一丸となっての結界さえ何の役にもたっていないということになる。まさしく、心理攻撃だね、これは」

「それは、由々しきことですわ」

リギアはきびしくいった。

「すぐに、ロルカにはかってみます。場合によっては魔道師ギルドにもっと結界を強化させるよういわなくては」

「駄目だよ、リギア。私からもう、おかしいと思ってロルカにも、ギールにもいってみた。——答えは同じだった。魔道師たちの結界が決してカバーしきれぬ回廊がひとつだけある。それがすなわち夢の回廊である……意識のない、あるいは眠っている人間の無意識には結界が張れない。だから、古来、さまざまな夢の回廊を通っての魔道が仕掛けられているのだ……ただしそれは実害は及ぼすことはできないのだ、とはみんないっているけれどもね」

「ナリスさま」

カイがつぶやくようにいった。

「だいぶ、お疲れになっておられます。——少し、おやすみになりませんと」

「すまないわね、カイ。もうすぐ私もひきさがるわ」

リギアは云った。カイは黙って頭をさげる。

「お心を強くおもちになって——などといっても、私がそんなことをナリスさまにいうことこそ、ちゃんちゃらおかしいというものですけれども——でも、それ以外にどうすることもできないことですわ。辛いことに——ナリスさまがもっと非情になるか、もっと……おかしいですわね」

リギアはふっとことばをきって、かすかに悲しそうに笑った。

「これまで、ずっと——ナリスさまは非情なおかただ、誰よりも冷酷非情な戦略家だと思って……それでおうらみしたり、おそれたりしていましたのに。その私が、ナリスさまに、もっと非情におなりにならねば、などと申上げている。……なんだか、ずいぶん、ものごとがかわってしまいましたのね」

「そうだね、リギア」

かぼそい声でナリスはつぶやいた。

「大丈夫……いまはちょっと、からだがつらいので気も弱っているだけだよ。普通の体力さえ戻ってくれれば——こんな私でも、戻るかぎりのね——そうしたらもう、そんな夢の呪術などはねかえせるし、それにそれが竜王のしかけた夢の呪術だという証拠があるわけでもない。ただ単に私がいちばんおそれていることが、神経の作用で夢にあらわれているだけなのかもしれない。それもこれも、ヴァレリウスが戻ってきてくれさえすれば笑い話でおわるだろう。……大丈夫、私は負けやしないよ。そんなことは許されないのだ。私は——私は私のこの身に、いのちに、中原の明日がかかっているのだ、ということを、一瞬も忘れたりはしないから」

その声はしかし、ほとんど、瀕死の病人の苦しみのうめきのようにしかひびかなかった。

リギアは気がかりな目でナリスを見つめた。ナリスの具合があまりかんばしくなくなってから、ナリスの寝室がほとんど司令本部となっているので、つねにそこにはカイと、そしてヨナが影のようにはべり、控の間には伝令班の騎士たちと小姓と魔道師たちが大勢ひかえて、つねにただちに伝令にとべるように待っている。ランズベール塔が司令部になっていたときにくらべれば、よほど整備されていごこちもよくなったとはいえ、その意味では、病気のナリスをゆっくりと休ませてやることさえもかなわぬ現在のナリス軍の状況である。

「私たちももっとしっかりしなくてはいけないんですわ」

リギアはつぶやくようにいった。

「私も、父と相談して、もっとナリスさまに御負担をかけぬような体制をつくれないのかとほかの——ローリウス伯たちとも話してみます。……でも、ナリスさまにかわって……それこそベック公か、スカールさまか……ああした、誰でもが納得してくれるような武将が指揮をとってくれれば、ナリスさまはおからだを直すことにしばらく専念していただけるのですけれどもね……」

「そうだね」

ナリスはかすかに笑った。その声が消え入るように細くなった。

「すまない、リギア。体力の限界になってしまったようだ。……スカールのことは、何かわかりしだいすぐにあなたを呼ぶから……」

「わかりました」

リギアはあわてて立ち上がった。

「カイ、ヨナ、ナリスさまをお願いね。……私はとりあえず父とローリウス伯と話をしてみます。ともかく、ごゆっくりお休みになって」

「ああ」

ナリスは急激に、すべての力を使い果たしてしまったように蒼ざめていた。カイがあわてて呼び鈴を鳴らし、とびこんできた小姓に、「モース博士をおよびして」とささやくのが、リギアの耳に入った。

リギアは心配で胸がつぶれそうな思いにひしがれながら出ていった。ナリスはひとまえではいつも相当に、じっさいよりも気力を出そうと無理してとりつくろっているのはわかっていたが、その体力と気力さえも失われてしまったことがわかったのだ。

（これは、父上にもいうことはできないわ）

退出するリギアの胸は重かった。

(こんなにナリスさまが弱っておられるというのは……いったら、ナリスさまおひとりをあてにしている、いやナリスさまだけを頼りにここまでついてきたわが軍はいっぺんに——士気がどん底まで下がってしまう。それに——ジェニュアだってあてにならない。ヤヌス大神殿は、むろん、キタイの竜王のことがあるから、レムス王についていては敵対の立場にたつことははっきりしたけれども、その反乱軍の旗頭となるナリスさまがあんな状態だと知ったら、どうなるか知れたものじゃない。——あの坊さんたちだって、けっこう打算的だもの。……ああ、どうしたらいいんだろう。ナリスさまはこの一連の緒戦でだいぶ無理をされてしまったんだわ——だけど、だからといって、これから先、もっともっとたくさんのいくさや、もっと非常事態はどんどんおきてくるだろうし。——スカールさま、そう、スカールさまがきてくれさえすれば……でもそれもわからない。あの人は所詮草原の民、パロの騎士たちがスカールさまをどう思うか、その命令におとなしく一から十まで信頼して従ってくれるかどうか、わかったものじゃない。……でもベック公については、ナリスさまがあれほど心配しておられたとおり……もうあれきり何の使者も連絡もない。やはり、ベック公はレムス王側についてしまったんだろうか……ベック公がいてくれれば聖騎士団はすべてもうこちらのものなのに……でもそれをいってもしかたがない)

(ああ、ヴァレリウス……またしてもくりごとになってしまうわ。あなたがいてくれれば——もうすべての恩讐をこえて、いま、あなたさえここにいてくれればすべてがよくなるのに

──そんなふうに思うのはばかげたことだとはわかっている。あなたは武将でさえないんだから……でも、たぶんあなたがいれば……ナリスさまはあなたが殺される夢をみて眠れないなんてことはなくなるはず──少なくとも竜王からの夢の呪術の攻撃だって、あなたならふせげるはず……どこにいるの、ヴァレリウス。どうしているの……早く帰ってきて。もう、過去のあれこれも、私があなたにもっていた憎しみもうらみもすべてどうでもいいわ。いまはすべて消えたわ──いまは、この反乱を成功させるカギはすべてあなたの上にあるからには……帰ってきて、ヴァレリウス。あなたがいないと、ナリスさまはあんなに気弱になってしまわれる……いまのナリスさまは弱り切って、まるでちょっと強い風がふいたら消えてしまいそうな小さなろうそくみたい。見ていられないわ……あまりにかよわくて、辛そうで……早く帰ってきて。もう、私のことなんかどうでもいい……ナリスさまのいのちのほのおが消えてしまわないうちに、早く帰ってきて──あのかたを守ってあげて、ヴァレリウス……）

リギアの思いは重く、せつなかった。

いっぽう──

「ナリスさま。……ひどくお疲れになっておられますよ……」

カイは悲しそうに、布団をかけなおし、カラム水でナリスの喉を湿してやりながら訴えた。

ヨナは片隅でじっと黙り込んでいる。

「スープでも、おもちいたしましょうか。何かちょっと、お腹にいれないと……」

「駄目だ」

ナリスはぐったりと枕の上で首をかすかにふった。

「何ものどをとおらないよ。いま何か……食べ物をのどを通したら全部吐いてしまいそうだ。そうしたらもっと辛い」

「ナリスさま。あまりお話にならないほうが……」

「苦しい」

日頃、ほとんど弱音をはかないナリスのうめくような声をきいて、カイははっと緊張した。

「ナリスさま。いま、じきにモース博士が参りますから……」

もともとは王室医師団の、聖王家づきの医師のひとりだが、縁あってアルシス王家の専門医のようになり、そしてカリナエに親しく出入りするようになったモース博士は、ナリスの右足切断の手術も担当し、それ以来、遠いマルガへ足しげく通って、三日に一回、五日に一回とナリスの体調の管理につとめてきた侍医である。いまではナリスのからだのすみずみまで、その体調をもっとも知りつくしているのはモースだろう。それゆえ、いまのナリスが動くには、何はともあれモース博士がいないわけにはゆかぬ。

ランズベール城にたてこもるときには間に合わなかったが、ジェニュアへ入ってからは、騎士をさしむけて、北クリスタルのモース博士の自宅から、要請してモース博士をずっとジェニュアにともに入ってもらうようになっていたのだった。さいわい、王側の手はモース博士にはまったく及ばなかったのだ。

「博士にきてもらっても……無駄だよ。これは本当に私自身の……体力だけの問題だもの」

ひどく苦しそうに短い息を吐きながらナリスはきれぎれに訴えた。

「ああ、苦しい……心臓がしめつけられるようだ。カイ、すまないけれど……」

「はい。どうしたらよろしゅうございますか」

「ちょっと……背中をさすって……なんだか息ができない。息が苦しくて……」

「はい」

あわててカイはそっと布団をはねのけ、ナリスのやせほそったからだをそっと横にさせた。ヨナがすっと影のように立ってきて手伝う。カイが必死に背中をさすってやっていると、ヨナは黙ってナリスのかぼそい手をさすりはじめた。その手は氷のように冷たかった。

「困ったな」

カイはうめくようにヨナにともなくつぶやいた。

「モース博士は何をしていらっしゃるんだろう。——ともかくもう、ナリスさまにちょっとでもお休みいただかないと……黒蓮の粉を使っていただくようお願いしないと……」

「私は……私は、眠るのが怖いんだ」

ナリスは虫の息のような声でかすかに訴える。その息はひどく苦しそうに短かった。

「眠ると……夢をみる。夢の回廊を通って……夢魔が送り込まれてくる……そうすると、私は……私は……」

「ナリスさま！」

カイが悲痛な声をふりしぼった。

そのときだった。

「失礼いたします」

小姓が入ってきた。カイは怒った。

「いまは、駄目だッ。誰も通してはならぬッ。ナリスさまはお加減が」

「それが、その」

小姓は困惑しきったようすで立ちすくんだ。

「あの、ラーナ大公妃さまが、内々にさしせまったお話があるので、陛下とお二人だけでお目にかかりたいと……もうそこまで、おいでになっておられるのでございますが……」

3

力もなかった。

「なんだって……」

カイは思わず途方にくれた声になった。ナリスはかすかに首をもたげようとしたが、その力もなかった。

「は……母上……が……?」

ナリスの生母ラーナ大公妃は、亡父アルシス王子がジェニュアの祭司長という地位にあった縁から、ジェニュアのヤヌス大神殿の近くに館をもち、孤独で静かな晩年をずっとジェニュアで送っている。ほとんどヤヌスの尼僧のように、護衛の騎士たちのほかは、身辺の世話をする老いた女官たちしか近づけず、一切クリスタル・パレスの行事や社交にも参加することはない。おきてでさだめられた近親結婚による不幸な人生を送り、夫を身分いやしい妾に奪われたという屈辱と怒りにこりかたまって、おのれの生んだわが子をさえ愛することのなかったかたくななこの老大公妃は、ナリスとほとんど会うこともなく、また、ナリスの運命に興味をも示していなかった。ナリスが当の彼女のすまいしているジェニュアに飛込んでくることになってさえ、まるでそれはもう一切おのれとはかかわりのない事柄だとでもいうかのように、それまではナリスと会おうとさえしていなかったのだ。もっともそれは、極端にしなくてはならぬことをたくさんかかえたナリスにとってはむしろいい幸いだったのだが。

「母上が……なぜ、いまごろ……私に……」

愛もない政略結婚で生まれたわが子をほとんど腕に抱くこともなくルナン侯夫妻に投げ渡すようにして育てさせ、母らしいことばをかけることも、母と子の優しい時間をもつこともなかったその母を、当然子であるナリスのほうも、慕わしいひと、母なるひと、として愛慕していようはずもない。

いや、むしろ、ナリスにとっては、この生母との冷たい関係こそが、かれの一生を決定してしまった最大の重大な問題であった。日頃決してその母のことをおろそかにはせぬかれであったが、まことの心のふれあいはどこにもなかった。ラーナ大公妃と対面することは、一年にひとたびもあるかないかだったが、その対面はいつも儀礼的で冷たい、こわばった笑顔ととりつくろったぎこちない会話に終始し、それがおわったあと、ナリスは急に妙に朗らかになったり、逆にひどくしずみがちになったりして、側近たちを心配させるのだった——もっとも、そのような側近とは、カイやリンダほど近くにいるものに限られていたのだが。

「ジェニュアに入りながら、私から……すぐに……御報告にも御機嫌うかがいにも伺わなかったのは申し訳なかったけれど……事情が事情だから……いまは……ちょっと……」

ナリスはそれでも、かれとしてはありったけの勇気をふるっていいかけた。それへ、困惑したように小姓が云った。

「それが、あの……ナリスさまはお加減があまりよろしからずおやすみ中……と申上げたのですが……大公妃殿下が……きわめてさしせまったお話であるから、お起こしするように、べつだん健康がすぐれぬとあらば寝たきりで話す非礼も格別にさしゆるすほどに、ともかく一刻も早う面会を、と……申されまして……」

「……」

思わず、カイとヨナは顔を見合せた。

このふたりは、ナリスが生母にいだいている複雑な感情も知っているし、いまのナリスの本当の弱りようも知っている。いまこの上、ナリスに動揺をあたえたくはなかった。

「だが、ナリスさまは、ひととお話になれるような容態ではおありにならないんだ」

声をはげまして云ったのはカイだった。

「いま、モース博士が緊急の診察にこられるくらいで……とても、重大なお話をなされるような……」

「いいよ、カイ。私は……会おう」

「いけません、ナリスさま」

言下にカイが叫んだ。

「そのようなおからだではございませんか。ここでとりかえしのつかぬことにおなりになっては……」

「いや……だが、そういうわけには……母上への非礼というものだし……」

「非礼……」

カイはのどまで出かかったことばをかみころした。

（母子ではありませんか！——ならば、まことの母なら、大事なお子がこれほど具合が悪いのに、無理やりに話を、などとしいることそのものを一番いやがるはずでは……第一、ナリスさまが——ナリスさまが右足を切断なさっても……お見舞にと女官を使者によこされただけで……お子が生死の境をさまよっていてさえ、ジェニュアから一歩も動かれなかった母君ではありませんか——！）

（ナリスさま……その母上のために、なんで……）

「お待ち下さい」

そのとき、だが、控の間のほうで押問答する声がきこえてきて、カイとヨナはまたはっと目を見合せた。

「ヨナさま、申し訳ありませんが、ナリスさまを……私はちょっと申上げに……」

カイが身をおこそうとしたときだった。

「えい、そのほうなどのこわっぱでは話がわからぬわ。わらわを誰と思うてじゃ」

するどい老いた声がして、激しいいきおいでドアがあいた。カイだけではなく、ヨナまでがびくっと身をすくませた——べつだん、老大公妃をおそれたのではなく、弱りきっているナリスの上をおそれたのである。

「大公妃殿下……」

「そこをのきゃ。わらわは、ナリスにどうしてもたっての話をせねばならぬのだ」

荒々しい語気であった。入ってきた老大公妃は、さすがに美貌を誇るパロ聖王家の血筋でもあり、また中原一とまでうたわれたナリスの生母だけあって、老いたとはいえ、充分に美しかった。白い顔はいまだにきわめて端正にととのっており、しわもそれほど目立たなかった。だが、眉間と口のはたにきざみこまれた深いしわが、ほかは卵のようにつるりとととのった大公妃の顔を、いちだんとけわしい、狷介な印象にしていた。白髪のほうが多くなった髪の毛をきっちりとゆいあげ、その上から尼僧のヴェールをかけ、黒いかざりもないびろうどのドレスをまとい、肩から大公妃のマントを長々とひいたラーナ大公妃は、遠慮なく寝室に入ってきて、足をとめた。そのするどい光をはなつ目が、苛立たしげに寝台の上のナリスと、それを介抱しているカイとヨナにむけられた。

「ナリス」

「は……母上……」

ナリスは苦しそうに身をおこして挨拶しようとしたが、その力はなかった。カイはたまりかねて、大公妃への礼をしてから口をひらこうとしたが、大公妃が機先を制した。

「どうやら、仮病ではないような。……それでは手短かに話をすませようほどに、そこの小姓ども、場をはずしおろう」

「大公妃殿下……」

カイは蒼ざめながら口ごもった。

「おそれながらおことばをかえさせていただきます。……ナリスさまは、ただいまたいそうお加減がお悪く……ほどなくモース博士の御診察をうけられる御予定になっておられまして……とても、殿下のお話をおききになれるおかげんでは……」

「そのようなこと、ひと目見ればわかる」

大公妃は、むっとしたようすでおもてをひきつらせてカイのことばをさえぎった。

「それゆえ、手短かにすませてやろうと申しておるのだ。さ、はずせ、小姓ども。そのほうら下賤のもののかかわる話ではないわ」

「お言葉では……お言葉ではございますが……」

カイは必死であった。

「たしかにわたくし如きしもじもの者が口をはさむべきことではございませぬが……おそばづきとして、ナリスさまのお加減はわたくしどもみなのいのちにもかかわるべき大事……いまのナリスさまは……もう……とてもお話をなされる御容態では……」

「その容態でようも、国王に謀反などというおろかな決断をできたものよな」

冷たく大公妃はいった。ナリスのおもてがぴくりと反応した。その、蒼ざめたのを通り越して土気色になっていた顔にかすかな血の色が動いた。

「カイ」

ナリスはかすれた声でいい、かろうじて手をあげた。カイがあわててかけよる。

「ナリスさま……」

「もう……いいよ……話をしよう……母上がせっかく……おんみずからお運び下さったのだ。――すまないが、ヨナ、例のものを……そう、そこの……銀の箱に入っているから……母上、すみません。あと一分《タルザン》、一分《タルザン》だけお待ち下さい。……申し訳ございませんが、いったんお外へ……それで、お話を……うけたまわりますゆえ……」

「……」

大公妃の目が、きびしくナリスを見つめた。およそ、母親らしいぬくもりも愛情もひとかけらだに感じられぬ、冷たく、むしろ嫌悪にさえみちた目であった。そのまま大公妃はものもいわずに控の間に出ていった。ナリスは、あえぎながらヨナをうながした。

「頼む。早く、その銀の箱の……」

「もう、あまり黒蓮の粉は用いられてはならぬと、モース博士がいっておられましたのに……」

カイは無念さのあまり、目頭に涙をにじませながらナリスにとりすがった。

「それにせめて……何もお口出しはいたしませぬから……私だけでも、あるいはヨナさまだけでも、お部屋からどうぞお出しにならず……心配で、心臓が止ってしまいそうです。ナリスさまはこんなにお加減が悪いのに……」

「大丈夫だよ……カイ、心配性だね」

ナリスは、蒼ざめた唇でかろうじて笑ってみせた。そして、ヨナが差し出した銀の箱から黒蓮の粉を吸い込むと、ようやく多少生気を取り戻した表情になった。目にもほんの少しだけ力が戻ってきた。

「まさか母上がこんな状態の私に手をおあげになることもないだろう。何も心配することはない……たぶん、謀反そのものに反対でいらしたようだけれどね、あの御様子だと。……でも、とりあえず、お話をうかがわないわけにはゆかない、母上だしね。大丈夫だよ、カイ。少し元気になってきた……モース博士は申し訳ないけれどお待たせしておいて」

「博士のことはどうにでも……」

カイはくちびるをかみしめた。

「ナリスさま……」

「どうしたの。……そんな、悲しそうな顔をして……母親として、息子のこんな……愚挙と思われるのだろうし、その暴挙をとがめだてにこられるのは……当然のことだと思うよ。母上への御報告をないがしろにしていた私がいけなかったんだ。……でも」

ナリスは思わず口をついたようにささやいた。

「できたら……隣の室にいて、すぐに入ってこられるように。二人とも。べつだん……何かあるというのではなくて……たぶん、お話がおわったらかなり私は……ひどい状態だと思うからね」

「勿論です！」

カイは興奮して云った。ヨナはつとナリスのかたわらに寄った。

「ナリスさま。……私にもそのくらいはできます。心話で、なかのごようすをうかがっていてもよろしゅうございますか」

「ああ……そうしてくれたら心強い。もし何だったらロルカにでも力をかりてくれ」

「では、そうさせていただきます」

ヨナはそっと出てゆく。ナリスは、えりもとを、力ない手でかろうじてととのえた。

「もういいよ、カイ。母上をおよびして、さがっていて」

「ナリスさま……」

カイは、一瞬、涙がふきこぼれそうな目でナリスを見つめた。それから、激しく唇をかみしめて出ていった。

カイとほとんど入れ替わりに、ラーナ大公妃が入ってきた。その権高なおもては、ナリスが素直に人払いをしたようすをみても、特になごんだとも見えなかった。

「老母みずからこのように出むいてきたというに」

そのうすいくちびるをついて出た、最初のことばは叱責であった。

「わらわは、そなたをそのような礼儀知らずに育てた覚えはないぞ。ナリス」

「申し訳ございませぬ」

ナリスは黒蓮の粉でよほど力をとりもどしていたので、礼儀正しく云った。

「このような身でございますので、起上がってしかるべくお迎え申上げることもかないませず、かさねがさねの非礼、何卒お許し下さいませ」

「そのようなことはどうでもよい。たとえ多少加減が悪いと申せ、婦人を——まして母を待たせるとは、心ある紳士貴族のすべからざること、まして大貴族の中の大貴族、王族の中の王族たるそのほうとしてなんという心得違い」

「申し訳ございませぬ」

ナリスはつぶやいた。その蒼みがかったまぶたは、なかばとざされて、その真実の心のうちを決してこの美しさの名残をとどめた、冷たい老女にはあかすまいとしているかのようだった。

「そのような心得違いゆえに、このような愚行をしでかすのだ。今日は母は、何があろうとそのほうを翻心させ、本心に立ち返らせるために出むいて参りましたぞ」

「母上……」

ナリスの美しい眉宇が、隠し切れぬものにごくわずかに曇った。だがかれはあえて何もいわなかった。

「いったい、このたびのこの騒動はなんとしたこと。母は、最初に小姓より第一報をきかされたときから、まったくわが耳を信じかねておりました。——いったい、何がわが子におこったのか、何ゆえにかくも狂気の愚行に出たのやらと……そなた、少なくとも理性だけは人一倍あると母は信じておりましたものを、いったい何ゆえあってのこのたびの愚行、狂気というもおろかなる蛮行か。狂気の沙汰ともいいようがない。そなたが歩行すら不自由なその身をもって、こともあろうに聖王陛下にそむきたてまつり、逆賊の汚名をきたときいたときには、この母、その場で驚愕のあまり頓死するかと思いましたぞ」

「…………」

「いったい、そなたに何がおこったのだ？　また、そなたはどうしてしまったというのだ？――いったい何者がそなたをそそのかしたのだ？――いうもけがらわしき讒言をわらわにいたすものもあった。そなたをけしかけておるのは、こともあろうにそなたのおかげで宰相となった身分いやしき一魔道師であると――そなたはいったい、そのようないやしいしもじもの者におろかしくも傀儡としてあやつられるほどに、それほどまでにたぶらかされてしまったのか？　だとしたら何ゆえあって。そなたをクリスタル大公、摂政宰相の名誉ある地位につけて下さりし大恩ある聖王レムス陛下にただたてつくさえあるに、おのれが正当なるパロ聖王なりと主張してその地位を要求するとは……なさけない。そなたは老いたこの母を殺す気か。いったい、聖王陛下はそなたの何と思うていやる。……お若く未経験な陛下を盛り立て、お守りしてパロをよき国としてゆくこそそなたの使命、任務、聖なる役目と母はそなたが摂政宰相についたることをこの上もなき喜びにしておりましたのに。何ゆえあってこのような老齢に及んだ母にこの上の嘆きをかける？　そなたも――そなたもあの父上のお子か？　あの傲慢な父上の血をうけて、この世に争いの種子をまき、わらわを苦しめるためにそなたは生まれてきたのか？」

「母上……」

ナリスは、口をはさもうともせず、黙って母親のことばをきいていた。そのおもては、黒蓮の粉の力をかりてようやくいったん、死人のような土気色から多少血の色めいたものが戻ってきていたが、ラーナ大公妃のことばをきいているうちに、またこんどは紙のように白く血の気をなくしてきた。だが、ナリスは何ひとつ言いかえそうとしなかった。

その、この世に生をうけた男子というよりは、まるでふしぎな物質で作られたこの世ならぬ精霊か妖精をでも思わせる、やつれてはいても端麗な顔を、大公妃は燃えるような憎しみの目でにらみつけた。

「このことをきいたせつな、わらわの胸によみがえったのは、かの内乱のみぎりのにがい思い出であった。——そう、こなたの父アルシス殿下もまた、たかが一女性の愛を争うが発端となってパロの王座をねらいたてまつりし反逆者であった。——そなたには結局のところあの父上の血が流れておるのだ。わらわと同じ血とはいわさぬ。わらわの体を流れる聖なる青き血には、反逆の血筋などは一滴たりとも混ざり込んでおらぬ。わらわは、アルシス殿下の妻となれ、との御命令をなき父上よりうけたとき、いっそいのちを断とうとさえ思うた。ひとたび反逆の徒となった王子は、もはや聖王家の王子にあらず——聖王家の秩序を乱す悪魔にすぎぬ。その悪魔にとつげとは、正気のお沙汰とも思われぬ。それのみか、そのアルシスどのはわらわには甥、はるか目下ではないか。その上に、アルシスどのが反乱をおこしたは口にするもはばかられるいやしき遊び女の心をアル・リースどのと争うてのこと、それを承知で父上はこのわらわをアルシスどのにとつげとお云いやるのかと、ひとたびは自害の刃をさえ手にしてみた。だが、聖王家の血を大事とおもわば父の命令にしたがえとの、父上のおことばにはさからえなかった。……何から何まで嫌でたまらなかった。アルシスどのの気性も、しうちも……そのあらけなさも、いまわしい遊び好きも、その乱暴さも……何ゆえあって、反逆の乱をおこしてふたたび王位につくことかなわぬアルシスどのにいまさら、青き血の純潔をたもつべくわらわとの婚姻などをすすめられるのかと……が、わらわにはようわかっていた。わらわは人身御供の生贄だった。すべてを父上に依頼し、たくらまれたのは、そののちアルドロス国王となられたアル・リース王子だった。アル・リース王子は、アルシスどのの気性をよう知っておられて、アルシスどのを祭司長としてジェニュアにおしこめるにつき、もはや王位につける見込をすべて断ってしまったら、粗暴なアルシスどのが自暴自棄となってまたしても反乱をたくらむだろうと思われたのだ。そして、王位につく条件としての——王族の妻をもたせれば、いずれは——そのわらわとの間の子を次の王に、という空約束でアルシスどのを大人しくさせておけると思うたのだ。確かにそのとおりだった……アルシスどのはその約束につられて祭司長となり、わらわを妻にすることをうべなわれた。——わらわはただの、アルシスどのを大人しくさせておくための道具にしかすぎなかった」

「………」

（母上。……私にそのようなことを……おおせになられても……）

だが、ナリスはのどもとまでつきあげてくるその声をぐっとかみころした。ナリスのおもてはしだいに白くこわばり、こわいほど蒼ざめてきていた。

「アルシスどのがあのようなおろかな——内乱をおこすなどという愚挙にさえ出なんだら…

…ものごとはすべてかわっていたはず。わらわとても……このようにジェニュアの片隅でむなしく一生を悔恨とうらみのうちに終わる、などというむなしい人生は送らずともすんだはず——すべてはアルシスどのの、あのおろかな決断と早まった愚行のためにわらわの人生までも——アルシスどのに本来なら何のかかわりもなかるべきわらわの人生までも狂うた。——だのに、その息子たるそなたまでが——アルシスどのの愚行にならい、いままたしても同族の身内の国王あいてに……いや、それよりも悪い。アルシスどのは、それでも次期の王位継承権を要求して兵をおこされた——そなたがしていることは何じゃ。現在の国王陛下、アルカンドロス大王の霊位も承認された正式のパロ国王にたいして弓ひき、たてつき、すべての秩序と安寧とをおびやかしているのではないか。簒奪者——そうだ。そなたのしていることは、山賊同様の簒奪者のしわざではないか」

「母上……」

ナリスはそれでもなお、なだめるように口をひらきかけた。だが、老公妃の舌鋒はナリスのかよわい声のわけいるいとまをあたえぬほどにするどかった。

「愚かな。そのようないやしい魔道師の山師風情にたぶらかされ、こともあろうに国王陛下に弓ひき——口にするもいまわしきかぎりのことながら、そなたは、おこがましくも、パロ聖王アルド・ナリスを名乗り、戴冠のまねごとまでもしたそうな。それをまた、ジェニュアの司教たちまでが承認したそうな……まったく、誰もかれもどうしてしまったのだ。正気の沙汰とも思われぬ。いったい、そなたは、どうしてしまったのだ。ナリス——たとえかのアルシスどのの血をひくうまのあわぬ子とはいえ、少なくともまがったことはせぬであろうとだけが、母の誇りだったものを……ただひとつの、さいごの誇りをさえ、この不幸な母から奪い去って、それでそなたは満足か。この老いたいまになって、母の不幸なむくわれぬ一生のさいごにさらにこのようなむごいかぎりのしうちをして、それがそなたの望みか。母がお前のかわりにこのいのちで国王陛下に申し訳をすれば、それがそなたの思うつぼか」

「母上」

さしもこらえていたナリスも、たまりかねて口をはさんだ。

「それは……それはあまりなおっしゃりようかと……わたくしのこの反乱は……ただちに母上に御相談申しあげなかったのはわたくしの手落ちにせよ、さまざまの事情、長いいきさつあってのこと……母上にそのような……思うつぼだなどとおっしゃられては、わたくしは……」

「お前は、幼いころから、いつもえたいのしれぬ、何を考えているかようわからぬ子であった」

ラーナ大公妃は、手をふりまわしてナリスのかよわい抗弁をさえぎった。その細めた目のなかに、執拗な怒りと——恐しい凍るような憎悪とさえみえる刺すようなきらめきがあった。

ラーナ大公妃は、顔立ちだけでいえば、おのれにいかにもよく似ている、美しいひとり息子をいまわしいものでも見るようににらみすえた。

「それでいて……回りのものをみなたぶらかし、お前の味方につけてしまうことに妙を得ていた。油断のならぬ子――放っておけばうしろからひとを闇討ちにするような子だとささやいてくれるものもあった。……つねにお前は私をつらい目にあわせるために生まれてきたようだった。お前がいなければ……お前が生まれてこなければ、私は……ともかくもアルシスどのと結びつけられてしまったこの身を、そのまま生涯もう現世に見切をつけてサリアの尼僧として神殿の奥底深く埋めてしまうこともできた。だが、お前が……王位継承権をもつ男子が生まれてしまったばかりに……それもただひとたびの、愛もない夜をともにすごしたというだけで……私は一生を失った――それでもまだあきたりずに、お前は母にこのようなしうちをするのか。お前は、私を苦しめるために生まれてきたのか。お前は昔から、私をいとうていた。だから私を苦しめたかったのだ。そうであろう？　ナリス」

4

「は——母上……」

ナリスとても、すでに母との確執には、ものごころついてこのかたずっとといってよいほどに馴染んでもいた。いまさら、老母にたいして立ち向かってその頑固な考えをかえさせようとすることの無駄も——といって、いまさら母のことばに傷つくこともなくなっていたはずであった。だが、いまの、身も心も弱りはてたナリスには、ラーナ大公妃のことばはひとことひとことが、身をうちすえる虎尾鞭のようにひびいた。ナリスは、それでもなお、なんとか抗弁しようとこころみた。

「せめて……せめてわたくしの言い分だけでもお耳をかしていただくわけには参りませんか。母上がわたくしを——アルシス王子のわすれがたみとして……憎んでおられることはもうこのナリス、よく存じ上げております。……それでも、わたくしは子としての礼はつくして参ったはず……だがわたくしも子としてだけ存在しているわけではございませぬ。レムスは妻リンダを幽閉し、その自由を奪い——そのまえにはわたくしを策略をもってこのようなすがたにかえました。……それでもなお、母上は、げんざいの国王であるからには、どのようなしうちをされても耐えるべきだとお考えになるのですか。たとえ、その国王がなにものに乗っ取られているとしても……」

「知れたこと」

ラーナ大公妃はするどくすそをひるがえして、しゅっときぬずれの音をひびかせた。

「その、レムス陛下がなにやらに乗っ取られているとやらいう、ばかげたいまわしい流言飛語こそ、そなたの頭がなにやら不幸な妄想にとりつかれているというあかし。――そなたがその右足を切断されるについても、それはアムブラで『聖王アルド・ナリス陛下万歳』との叫びを若者どもを煽動してあげさせたゆえときいている。――そのころから、そなたはもう叛心を抱いておったのだ。あの父の子――まことそなたはあの父の子なのだ。そのようなところばかり――野望や愚にもつかぬ欲ばかり似おって……美しいの、あれが出来るの、これがたくみだのとちやほやされて、天下でもとれるように思い上がっていたのだろう。これもすべて母の育てそこない、いっそ母は死んで聖王陛下におわびするほかはない。そうなればそなたも満足なのだろう。ええ？」

「そこまで……そこまでおおせになりますか。母上……」

ナリスの目から、ふいに、おさえることのできぬ熱い煮えたぎるような涙があふれ出した。ナリスはこらえようとしたが、弱りはてたからだと心では、こらえることができなかったのだ。ナリスは力ない手でベッドの布団をつかみ、煮えるような涙を頬につたわらせた。だがその涙も老母の心を動かすことはなかった。

「母上は……たとえお望みになられなかった子でも……たとえ一瞬でも……わたくしをわが子として……いとしんで下さった刹那は……おありにならなかったのですか。たとえただの一瞬でも……どのようないきさつで生まれた子であってもこれもまたわが腹をいためた子だと……思って下さったことは……ただのひとたびも……」

「あるものか。そのような」

酷薄にラーナ大公妃は言い捨てた。

「それがいまとなっては唯一の救いというものじゃ。こともあろうに反逆者となりはてた子など――夫も子も反逆者として国王陛下にたてつくなど……わらわほど不幸なものがこの世界にあろうか。しかも何ひとつわらわの責任でもあるまいことか……なぜ、神はこのようなさだめをわらわにだけ――世の女たちは平和な家庭を得て幸福に暮らしているというに……なぜ、よりによってわらわにだけ……」

「……」

ナリスはくちびるをかみしめ、ありったけの気力で、涙をふりはらい、蒼ざめた顔をあげた。

「母上がそのようにお考えならば……わたくしとても……わたくしの心を母上にわかっていただけるときはないものと……断念するほかございませぬ。……せめてわたくしがこのような……行動にいたる軌跡だけでも、耳をかたむけて下さるならば……母子のきずなとしてとは申しませぬ。同じパロ聖王家の王族として……パロの行く末を真剣に案じるものとして…

「……」

「そなたのような簒奪者にパロの安寧と秩序をさまたげさせるわけにはゆかぬ」

大公妃は云い放った。

「わらわが男性であれば、老いたりといえども身の程知らずの反逆者をこのままには捨置かぬところ……みずから剣をとり、この場でそなたを成敗しているところだ。気弱くもジェニュア司教がたはそなたをヤヌス大神殿に迎えいれてしまったが、それは傷ついたトルクが頼らばミャオもこれを守るとのヤヌスの寛大の教えのみに拠るもの……それもだが、ヤヌス大神にもそむき、アルカンドロス大王のみ心にもさからい続ける許しがたき反逆者に対してはいつまで続くかわからぬと思うがよい。現に、すでにヤヌス神殿側は、そなたがジェニュアにあることを不安に思うものたち、簒奪者にして反逆大公たるそなたをかくまい、その本拠とみなされていずれ国王陛下の軍が征討につかわされ、ヤヌス大神殿ごとジェニュアが焼払われて壊滅のうきめをみるのではないかと怯える者たちがしだいに増えつつあるとのこと。……いまのうちに、おとなしゅう、陛下のお情におすがりして、その身を陛下の前に降伏するがいい。そのほかにそなたのゆるされる道はない。――その場合にはわらわも生母として、仲介にたってやってよってもよい。どのみち、おのれひとりでは自由に歩行もかなわぬその不自由な身の上で、謀反もへったくれもあったものではあるまい。……降伏するならばいまのうち、母がかわって陛下にあつきお情をおすがりしてやれるうちにすることじゃ。――わらわのいいたいのはこれまで。そなたの言い分などききかぬ。叛徒の未練な言い訳など、きく耳もたぬ」

大公妃はさっと立ち上がり、すそをひるがえした。

「わらわがこの場でそなたに陛下へ申し訳の生害をすすめぬことを母の慈悲と心得るがよい。——わらわに、陛下へのとりなしを頼むならば、一両日中にしたがよいぞ。ジェニュアがそなたに我慢しておるのもおおかた、そのあたりが限度であろうからな。よいか、わらわのことば、とくと肝に銘じたがよいぞ。ナリス」

言い捨てると、もうあとは見向きもせぬ。そのまま大公妃はつかつかと、老いたといってもしなやかな身ごなしで室を出ていった。

ナリスは、そのうしろすがたを見送り、おそろしく複雑な苦笑とも、泣き笑いとも、自らを嘲笑するともつかぬ微笑を口辺にただよわせた。が、そのまま、力つきたようにベッドの上に倒れた。そのからだは、とびこんできたカイの腕に抱き取られた。

「ナリスさまっ！」

悲鳴のような声をあげてカイはナリスを抱きとめた。

「しっかりなさって下さいませ！　御様子が——御様子が！」

「しずかに、カイどの」

やはり身をひるがえして飛込んできたのは、ヴァラキアのヨナだった。ヨナのおもてもかなり蒼ざめていた。

「大丈夫、ナリスさまは……ただ、たぶんひどくうちのめされておられるだけです。……無理もない、私とて心話でうかがっていなかったら……実の母が実の子にそのようなことばを投げつけることがあるとはとても……」

「ヨナ、カイ」

ナリスはかすれた声でつぶやいた。カイの差し出すカラム水でのどをうるおして、そのまぐったりと、左右からささえられて二人の腕に抱かれたかれは、みるからに疲れはて、いまにもそのまま絶え入ってしまいそうにみえた。そのとじたまぶたのあいだから、またしても、こらえかねた涙が一筋流れおちたが、ナリスはもう気にとめなかった。

「もう、いいよ……それでも、すんだのだ……すんだのだから……いずれは、通らなくてはならなかったんだ。ジェニュアにきたからには……私がおろかで、そのことを予想していなかっただけだよ。……そう、当然……そう出ると思っていなければいけなかったんだ。べつだん……ヨナ、べつだん、母上は……ゾンビーではない……キタイ王にあやつられているわけじゃない……あのかたはただ……本心から私をいとうておられるだけだ……すべてのあのかたにおこった悪いことは私のせいだと……それだけのことなんだよ……そう、たぶん、私が悪いんだ。私が……」

「何がです」

珍しく、激昂して、ヨナが怒鳴った。そして、ナリスの手をかたく握りしめた。

「いったい、ナリスさまの何が悪いと……大公妃さまのお身の上におこった不幸のいったい何がナリスさまのせいだというんです！」

「母がいっていたのをきかなかったのか」

ナリスはまた、あの絶望的な嘲笑めいたものをうかべた。そしてぐったりとヨナの腕のなかに身をあずけた。

「私が生まれてきたこと……だよ。それがすべての……諸悪の根源だったのだ。母にとっては……いや、もしかしたら……パロにとってもそうだったのかもしれないね……少なくとも母はそうだというだろう。……大丈夫だよ、気にしないで……ちょっと、心臓に悪いけれども……いつものように冷たいひややかな顔で、『ナリス、いい子にしているのですか』『ナリス、お勉強はすすんでいますか。そう、もう下がってよろしい』と……いわれるよりは……ああして本当のうらみとにくしみをぶつけられたほうが……百倍ましというものだよ、私にとっては。……頼む、カイ、もうちょっとだけカラム水を……喉が、息が苦しい……」

「私にできるのはただカラム水をさしあげることだけなんでしょうか」

一瞬、全身をふるわせてカイはつぶやいた。それから、泣きべそのような顔でカラム水をさしだした。ナリスはまるで母親の乳房に吸いつく赤ん坊のようにそれを吸った。

「ああ、有難う……ちょっと楽になるよ……モース博士は？」

「もうとっくにおいでになって……あちらでおまちです。お呼びしますか？」

「ちょっと、休んだらね。……ああ、でも、診ていただいてからのほうがいいね、休むのは。このさい、ついでに診察をすませていただこう……そのあとならちょっとは眠れるだろう。……とめられていた黒蓮の粉を使ってしまったし……きっとまた怒られるのだろうけれど……

……」

「では、お呼びしてまいります」

カイはわっと泣き出したいのをこらえているような顔で飛出していった。ヨナはナリスをのぞきこんだ。

「こうしていると……おからだがお辛いのでは？　横におなりになったほうが？」

「いや……いいよ……ヨナ。もうちょっとだけこうしていさせて……」

ナリスは、ヨナの腕のなかになかば身をもたせかけたまま、目をとじて苦しそうに肩で息をしていた。だが、ふと目をあけると、ヨナを見上げた。

「全部、きいていたんだろう？」

「はい」

「そう……あれが私の母上だよ……たったひとりの……一度も私を愛したことなどない、望んだこともないと……はっきりと云い切る、あのかたが私の母上なのだ……」

「ナリスさま……」

「私の性格が少しばかり、ゆがんだところでしかたないと思ってもらわなくては……」

ナリスは笑おうとしたが、その唇はいたいたしくひきゆがんでふるえていた。

「でも……そんなことよりも、私は……いまさらこの年になって母親との確執など、それは……いま身も心も弱っているから辛いだけで……どうということはない。それよりも……問題は……」

「ええ、ナリスさま」

「あのひとの口にしたことにいちるの真実があるのだとしたら……私はもう、ジェニュアにもあまり長いことは、安心してとどまっておられそうもない」

「それについては……司教団の本心については、極力早くロルカどのにでも頼んでさぐらせなくてはなりますまい」

ヨナはきびしくやせたおもてをひきしめた。

「もしも……放っておいて、ジェニュアなら大丈夫だと安心しているすきに……大神殿側が気をかえて国王がたと……そのようなことがあったら、ここは逃げるに逃げられません。……一刻を争うでしょう。やはりこれはもう……」

「カレニアへむかうしかないかな。みじめだね。こんな病みさらばえた身で……ヴァレリウスもいないままで……転戦といえばきこえはいいが……おちゆくはては、という感じだな。ヨナ……」

「何をおっしゃいます」

ヨナは思わず激しくナリスの力のぬけたからだを抱きしめた。まるで、そこにおらぬヴァレリウスのかわりにその身をたてにしてナリスをすべての災厄から守ろうとするかのようだった。

「ナリスさまのお身の安全の上に、中原の希望がかかっているのです。お忘れですか。古代機械のことを」

ヨナはつよい口調でささやいた。

「どこまでもお供してお守りしたい者がこんなに大勢ナリスさまにつきしたがっております。――ジェニュアはもとよりあてにはしておりませんでした。ここはいっときの避難所としてかけこんだだけのこと、態勢をたてなおし、ローリウス伯爵に身柄をあずけてカレニアへ参りましょう、ナリスさま。……そのころにはスカール軍も合流しますし、きっとカラヴィア公もこちらについて下さいます。カレニアは気候のよいところですし……あそこならナリスさまにゆっくりおやすみいただいて元気になっていただくこともできましょう……それに……とにかく、ヴァレリウスさまが帰ってくれば……」

「ああ、そうだね。……ヴァレリウス……そう――ヴァレリウス……」

ヨナは眉をよせて、ナリスを見つめた。ナリスは、ヴァレリウスに語りかけるように、かすかに口もとをほころばせて目をとじていた。

「ナリスさま……」

「そう……帰ってきてくれさえすれば何もかもきっと……よくなる。そうだね……ヴァレリウス……お前が帰ってくれれば……」

「ナリスさま」

ヨナの目がするどくなった。ヨナは手をのばして、つとナリスの額にあててみた。

「燃えるようだ」

ヨナは低くつぶやき、くちびるをかんだ。すばやくまぶたをこじあけて瞳孔のようすをみ、脈拍をとる。それから、そっとナリスをベッドによこたえ、大切そうに、はれものにさわるような手つきで布団をかけた。だが、重くないよう、首まではかけなかった。

「ナリスさま……」

ヨナはそっと手をのばして、そのナリスの布団の上に力なく投出された手をとった。そして、そっと、かぎりなくやさしく撫でてやりはじめた。

「ナリスさま、モース博士が……」

カイが入ってきて、このようすをみてはっとしたように足をとめる。

「しッ」

ヨナはきびしくいった。

「心配したとおり、かなり、熱を出しておいでになります。――ともかく、解熱剤をいただいて……いったんでもとにかく小康を得ていただかないことには」

「わかり……わかりました。モース博士、お願いいたします」

モース博士が入ってきて、ナリスのようすをひと目みると、ただちにそのおもてがけわしくなり、カイにあれこれと命じて用意をととのえさせはじめる。ヨナはそっと立ち上がった。

「カイ、ちょっと、ナリスさまをお願いしていていいね。――私はちょっと、リギアさまとローリウス伯……それに、ロルカどのたちと相談しなくてはならぬことができてしまった」

「ああ……はい、でも……」

カイがせっせと博士にいわれた布だの湯だの、あれこれをそろえながら、不安そうな、すがりつくような目でヨナを見上げた。

「私もいろいろとりにいったりしますし……ヨナさまがお近くについていて下さるのが、いまはナリスさまには一番……」

「すぐ、戻ってきますよ。もちろん。どうせ一度で結論は出せないでしょうから、できるかぎりすぐ」

ヨナはなだめるようにいって、急ぎ足に出てゆく。カイは寝台の上のひとを、身も世もないようすで見守った。ナリスの呼吸は浅く、苦しそうだった。その顔はもう蒼ざめてはおらず、むしろ赤みをおびて汗ばんできはじめていた。そのくちびるがかすかに動いて、誰かの名を呼んだ——（ヴ、ァ、レ、リ、ウ、ス……）と。

カイはくちびるをかみしめた。かれらにできることは、待つことしかなかった。

「ヴァレリウス」

イェライシャに声をかけられて、はっとしたように、ヴァレリウスはおもてをあげた。

「どうした。精神を集中しておらぬと、危険だぞ。——何をぼうっとしている」

「いえ……」

ヴァレリウスは、何かひどく奇妙な気がかりそうな表情であたりを、夢からさめたひとのように見回した。

「どうした」

「何でも……ただ、ちょっと……」

（ヴァレリウス……）

（……ヴァレリウス……）

（遠くから……きこえたような気がした……空耳か）

（あのかたの声が……《ヴァレリウス》と……俺をお呼びになるかすかな声が……）

（空耳ならばいいが……どうせいつも俺はあのかたのことを考えているのだからそのせいかもしれないのだし……）

（そうでなければ……あのかたが何か……切迫して俺を呼んでおられるのでなければいいが……）

（あのかたのお身になにか、悪いことが……よくないことがおこっているのでなければいいのだが……）

（ああ……気にかかる。こんなに遠くはなれた地で……あなたが思いおよびもつかぬこんな場所で……）

（あなたの声がきこえてくる……私を呼ぶ声が……ヴァレリウス、と私をたしかに呼んだ気がする……）

ヴァレリウスは、思わず、あたりを見回した。目に入ったものは、異様なものばかりだった。それはまったくいわゆる中原の見慣れた光景とは——どこのどんな国の光景とも似ても似つかないだろうと思われるものでしかなかった。

（ここは……ノスフェラス……あのかたの夢のおくつき……）

（あんなにも、あなたがここにきたいと、そう子供のように念じていられた、そのことがあまりに俺の心につよい影をおとしているからだろうか……この地にきてから、妙に胸がさわいで……あなたのことばかり考える。——本当は幼い子供の魂をそのままとどめているあなたを——不幸な幼い子供の魂のまま、頭だけ年取ってしまった不幸なあなたを……）

（子供のように……幼い子供のように、ノスフェラスをその目でみたい、と……もうこの足で走り回ることはできなくなってしまったけれど、せめてひと目みたいと……豹頭のグインとひと目あいたいと……目を輝かせて……）

（気をそらすな！）

イェライシャの激しい叱責の念波がとんできて、ヴァレリウスは、身をちぢめた。

（ここがどこか忘れたのか。おのれがいま、どのような状況にあるか忘れたのか。——さあ、念じろ。——《開け》《開け》と念じるのだ。結界があいたら——そのまま飛込むのだぞ。そこから先へは、わしといえどもついていってやることはできぬ）

（わかって——わかっています。老師……本当にすみません……）

（ルーンの聖句をとなえろ、ヴァレリウス。そして精神を集中しなおすのだ。いまの気をそらしたので、また、結界がとじた）

（ああ……本当だ。結界が強化している）

いったんゆらいで開くかにみえた、魔道師にしかみえぬ半透明の白い炎をめぐらしたようなオーラは、またゆらゆらとゆらめきたっている。ヴァレリウスはくちびるをかんだ。

（いまは……もう何も考えまい。……俺はノスフェラスに――大導師アグリッパの結界のまさにその前にたって――いまやまさにその扉をたたこうとしている。しっかりしろ、上級魔道師ヴァレリウス――いまがお前にとって今生の分かれ目なのだぞ……生還するか、それともこれを一期と……二度と中原へも、パロへも戻れず――あのかたとまみえることもないか……あのかたをもキタイの竜王のなすがままにし、ほろびよりももっとむごい運命にまかせて心残りのあまり幽鬼と化して永遠にノスフェラスの砂漠をさまようか……いまが、その、境い目なのだぞ……ヴァレリウス……ヴァレリウス！）

（よし、念がたかまってきた）

イェライシャの心話が告げる。

（反応があったぞ……よし、よいか、わしが手助けしてやる。念じろ。念じるんだ――念を強化しろ……駄目だ、気をそらすな！）

（はい、老師！）

（ルーン・ダン・カーン・ヴォガルーン――ヴォドルーン・ジェナス・モール……）

頭のなかにたたきこまれている、ルーンの聖句を、ヴァレリウスはありったけの念をこめて念じながらくちびるをうごかした。指がそのひとことひとことにつれて自動的に動き、聖なる印形を結んでゆく。びりびりと全身からオーラが発し、たかまってゆく手応えが感じられる。かつてこれほど強烈な念を集中したことは、どんなきびしい修業中にもなかった。

(アグリッパ大導師――アグリッパ大導師――我ハ此処ニアリ――我ハ此処ニアリ――開門セラレヨ――我ガ問イニコタエヨ――アグリッパ大導師……アグリッパ大導師……)

(開門セラレヨ――開門セラレヨ――結界ヲアケラレヨ……)

(敵ニアラズ――我ハ敵ニアラズ――我ハ味方ナリ……開門、結界ヲ……アケテ我ヲ容レヨ……)

かたくとざした目のなかから、青白い炎がめらめらとたって、世界をつつみこむようだった。

ぶきみな白骨をちりばめたぞっとするようなモニュメントが発するオーラは、ますます白熱してゆらゆらと燃え立っている。

(駄目か……)

イェライシャの思念がふとゆらいだ――

そのときであった。

(我――ヲ――呼ブ――ノハ……誰――ダ――!)

ぶきみな――

恐しいほどに圧倒的な思念のかけらのようなものが、ヴァレリウス――とイェライシャの脳のまったただなかに、まるで巨大な鉄の弾丸でもあるかのように、ぶつかってきたのだ!

あとがき

栗本薫です。

というわけで、「ではまた来月」と御挨拶したのが二〇〇〇年の六月八日（いま『地上最大の魔道師』のあとがきをチェックしました）。そしてきょうは二〇〇〇年七月十二日、「ほぼ、また来月」にお目にかかれましたね（笑）。もっとも、かの「月刊グイン・サーガ」を経過したあとでは、何があってももうあまり皆さんはびっくりはされないんでしょうが。

というわけで、かなりテンポアップしてきた「グイン・サーガ」、第七四巻『試練のルノリア』をお届けいたします。

さよう、七一巻『嵐のルノリア』につづく、ルノリア・シリーズです（笑）。ルノリアってのは真紅の派手な花なんですが、このところわたくし的にはナリスさまのシンボル、ってことになっているわけです。最初はこれ、「真冬のルノリア」か「冬のルノリア」にしたかったんですね。私はもともとピーター・オトゥールが好きで、一番好きだった作品のひとつが「冬のライオン」だったのですが、それでこの「冬のなんとか」というタイトルをいっぺん使ってみたいな、と思っていましたもので。でも『嵐のルノリア』のインパクトにくらべると、ちょっと弱いかなあ、というか、なんか妙にリリカルになっちゃうのと、なんというか、パロって、あんまり「真冬」というイメージがないもので……そもそも冬ってくるのかなあ、って感じの国だものですから……最終的にころげこんだのは『試練のルノリア』で、そのかわりにというか、さいごの第四話の章題にだけ、「真冬のルノリア」をせめてものはらいせ（なんでだ）に残した、というようなわけです。このあともルノリア・シリーズは続くのでしょうか。だんだんなんだかナリスさまが人間くさくなってきたというか、これまでずっといくひさしく（そう、二十年にもわたって（大爆））吐かなかった本音をずいぶん出すようになったなあというか——それもきっと、好き好きで、ファンのかたには「前のクールな人間離れした陰謀家のナリスさまが好き」ってかたと、「いまのほうが親しみがもてる」ってかたに二極分化するんでしょうが、まあこれもなりゆき、ものごとがかわれば、かわらずにいられるのは何も感じない人だけだということで……すべてがうつろいゆき、変わってゆくのが、生きている大河小説「グイン・サーガ」の特徴だと思っていただかねばしかたありますまい。

先月六月八日、ということは天狼プロ第十二回公演「キャバレー」の稽古のまあ最初のころに七三巻のあとがきを書いていた私でしたが、それからひと月たって、その「キャバレー」も七月三日に無事終演し、そのあとあさってに次のこれは小さなライブというかイベントの本番があって、というような状況のなかでこれを書いています。このあと来月にも次の七五巻のあとがきをいまくらいに書くことになるんでしょうか？　ここでまた月刊グインになっちゃったら、本当に怒濤の勢いですね。「キャバレー」はいろいろな意味でなかなか面白い舞台でした。反響もこれまでのなかでもずいぶん大きいほうでしたし、疲労やストレスも相当だったんですが——なんとなくその後カゼっぽくて、きのうきょうなんか、なんとなく熱がある感じなので、これ著者校していて、ラストのほうの、発熱中のナリスさまの苦しげな感じにひどく感情移入してしまいました（笑）。なんじゃかんじゃ、やったらめったらテンションの高い公演だったので、一応多少は三、四日ゆっくりできたつもりでしたが、また蓄積疲労の完全にはとりきれないまんまで、小なりとはいえ次の本番に突入という結果になってしまったようで、亭主なんぞも「すべて終わったら温泉にでもいってノンビリしたい」とそればかりいう始末。でも「すべて終わる」って何が終わったらすべてなんでしょうね。そちらをやってるあいだに溜めてしまった小説もありますし、どうも何が終われば当分何もないのかよくわからない感じです。だんだん、カラダのほうはそうやって無理がきかなくなってゆくんだろうけれど。

ところでもうご存じと思いますが、いま現在、マンガ月刊誌「コミックフラッパー」誌上におきまして「グインのマンガ化」という、無謀な（爆）というか画期的なというか、仰天なこころみが進行しております。作画は柳沢一明さん、モノは外伝で『七人の魔道師』ですが……あまり前フリもなかったので読者のかたも驚かれたと思いますが、これは、前々から何回かお申込みいただいていて、編集者のかたの熱意がとても強かったので、まあ本篇はちょっと無理だろうけれども、とりあえず外伝なら……ということで、ＯＫを出したものです。その前に絵などもいろいろと見せていただいたのですが、まあ栗本としては、皆様のイメージを壊すかどうか、といっても本篇のイラストレーターさんも三人交替していることでもあるわけだし、絵は絵ですから、たぶんどういう最高の絵があってもイメージにあわない、とおっしゃるかたはおいでになるだろうし、——雑誌が活気づいたり、若いマンガ家のかたがぜひやってみたいとおっしゃってくれるのであれば、まあ「力をお貸しできるのなら、それはそれでいいんじゃないでしょうか」というようなスタンスでのＯＫになりました。というかこののちも基本的に、マンガ化、ゲーム化、アニメ化などについて、栗本のほうから、「自分が全面的に主宰している話でないかぎり」積極的にアクセスすることはないと思いますが、そういう「この作品の力のおすそわけがお力になることがあれば」というようなスタンスのアクセスはすると思います。というかもう、グインは、そうしてマンガ化やゲームがあらわれたからといって世界が簡単に壊れたり影響をうけたりするレベルはとうにすぎた、という自信があるから、と思っていただければ結構です。この滔々と流れる大河の水をくんでしばしうるおいたい、というかたがいるのなら、そしてその熱意が本当なら、という感じ、といったらおわかりいただけるでしょうか。いろいろグインのマンガ化というようなことについては賛否両論あるかと思いますので、栗本の作者としてのスタンスについてどこかでいっぺんはっきりと明言しておきたく、ここにとどめておくことにしました。むろん、そこまでいっていないと私の思う程度の熱意なら、それはお断りしますが、逆にいえば、そうしたこころみが出てくるということ自体が、「グイン・サーガ」というものがひとつの巨大な——現象というよりも確固たる社会存在として場所をしめている——山があればひとがのぼり、川があればひとが泳ぐような、そういう存在になってきた、ということではないかと考えています。その根本がゆるぎさえしなければ、そのすそ野にチョウが舞い、鳥があそび、ひとがそこで何かを見付けてくれるのは、私にとっては嬉しいことだと思います。そしてこの物語の根本はもう、何があろうとゆるぐことはないでしょう。というか、よしこのさき皆様が私に「裏切られた」と万が一、百万が一にも思われるようなヒドい出来におちてゆくことがあってさえ、この七四巻までこうしてたゆみなくきずきあげてきた世界はゆらぐことがない——そしてそのあとも、私がこの愛情と情熱をもって一冊一冊築いてゆくこの世界がそうして皆さんを裏切ることがあろうとは、私には想像力不足にして想像することができないのですね（笑）。だからこそ、「二次利用」的な希望があがってきても、なんとなく、そうかもしれないな、というような気がするのだ、といいましょうか。私ってもしかしてすっごい、えらそーなこといってます？（笑）

まあ、でも、いよいよなんかすごいことになってきてますし、ナニがいよいよ出てきちゃいそうなあんばいですし（笑）このあとどうなるかってことは……いま現在は七五巻までしか書いてないので、一番そのさきが知りたいのはこの私かもしれない、って気もいたします（笑）。でも先書くまでにまず、二冊ほど書いちゃわないといけないんだよなあ、しかもこの七月中に……そんなの無理だって〜〜〜（爆）

ともあれ、この巻の恒例の読者プレゼントは、ちょっとわけあり天狼スペシャルで（謎爆）吉川礼子様、それから山田小百合様、吉野勉様に決めさせていただきます。

さて、「ではまた来月」といって……いいのか、悪いのか？（笑）

さあ、いよいよ、次は七五巻です!!!

二〇〇〇年七月十二日

栗本薫の作品

心《しん》中《じゅう》天《てんの》浦《うら》島《しま》

テオは17歳、アリスは5歳。異様な状況がもたらす悲恋の物語を描いた表題作他六篇収録

セイレーン

歌と美貌で人々を狂気に駆りたてる歌手。未来へと続く魔女伝説を描く表題作他一篇収録

滅びの風

平和で幸福な生活。そこにいつのまにか忍びよる「静かな滅び」を描く表題作他四篇収録

さらしなにっき

他愛ない想い出話だったはずが……少年時代の記憶に潜む恐怖を描いた表題作他七篇収録

栗本薫の作品

ゲルニカ1984年

「戦争はもうはじまっている！」おそるべき感性で、隠された恐怖を描き出した問題長篇

レダ〔I〕

ファー・イースト30。すべての人間が尊重される理想社会で、少年イヴはレダに出会った

レダ〔II〕

完全であるはずの理想社会のシティ・システムだが、少しずつその矛盾を露呈しはじめる

レダ〔III〕

イヴは自己に目覚め、歩きはじめる。少年の成長と人類のあり方を描いた未来ＳＦ問題作

ハヤカワ文庫

日本ＳＦの話題作

ＯＫＡＧＥ
梶尾真治
ある日突然、子供たちが家族の前から姿を消しはじめた……。梶尾真治入魂の傑作ホラー

東京開化えれきのからくり
草上　仁
時は架空の明治維新。文明開化にゆれる東京を舞台に、軽快な語り口がさえる奇想活劇！

雨の檻
菅　浩江
雨の風景しか映し出さない宇宙船の部屋に閉じこめられた少女の運命は――全七篇収録。

邪神帝国
朝松　健
ナチスドイツの勢力拡大の蔭に潜む大いなる闇の力とは!?　恐怖の魔術的連作七篇を収録

王の眠る丘
牧野　修
村を滅ぼした神皇を倒せ！　少年の成長と戦いを、瑞々しい筆致で描く異世界ロマネスク

ハヤカワ文庫

星雲賞受賞作

ダーティペアの大冒険
高千穂　遙

銀河系最強の美少女二人が巻き起こす大活躍大騒動を描いたビジュアル系スペースオペラ

ダーティペアの大逆転
高千穂　遙

鉱業惑星での事件調査のために派遣されたダーティペアがたどりついた意外な真相とは？

上弦の月を喰べる獅子 上下
夢枕　獏

仏教の宇宙観をもとに進化と宇宙の謎を解き明かした空前絶後の物語。日本SF大賞受賞

プリズム
神林　長平

社会のすべてを管理する浮遊都市制御体に認識されない少年が一人だけいた。連作短篇集

敵は海賊・A級の敵
神林　長平

宇宙キャラバン消滅事件を追うラテルチームの前に、野生化したコンピュータが現われる

ハヤカワ文庫

神林長平作品

戦闘妖精・雪風
未知の異星体に対峙する電子偵察機〈雪風〉と深井零中尉の孤独な戦い——星雲賞受賞作

あなたの魂に安らぎあれ
火星を支配するアンドロイド社会で囁かれる終末予言とは!? 記念すべきデビュー長篇。

狐と踊れ
未来社会の奇妙な人間模様を描いたSFコンテスト入選作ほか六篇を収録する第一作品集

言葉使い師
言語活動が禁止された無言世界を描く表題作ほか、神林SFの原点ともいえる六篇を収録

七胴落とし
大人になることはテレパシーの喪失を意味した——子供たちの焦燥と不安を描く青春SF

ハヤカワ文庫

神林長平作品

完璧な涙

感情のない少年と非情なる殺戮機械との時空を超えた戦い。その果てに待ち受けるのは？

今宵、銀河を杯にして

飲み助コンビが展開する抱腹絶倒の戦闘回避作戦を描く、ユニークきわまりない戦争SF

猶予の月 上下

時間のない世界を舞台に言葉・機械・人間を極限まで追究した、神林SFの集大成的巨篇

Uの世界

夢から覚めてもまた夢、現実はどこにある？果てしない悪夢の迷宮をたどる連作短篇集。

死して咲く花、実のある夢

人類存亡の鍵を握る猫を追って兵士たちは死後の世界へ。高度な死生観を展開する意欲作

ハヤカワ文庫

森岡浩之作品

星界の紋章Ⅰ—帝国の王女—
銀河を支配する種族アーヴの侵略がジントの運命を変えた。新世代スペースオペラ開幕！

星界の紋章Ⅱ—ささやかな戦い—
ジントはアーヴ帝国の王女ラフィールと出会う。それは少年と王女の冒険の始まりだった

星界の紋章Ⅲ—異郷への帰還—
不時着した惑星から王女を連れて脱出を図るジント。痛快スペースオペラ、堂々の完結！

星界の戦旗Ⅰ—絆のかたち—
アーヴ帝国と〈人類統合体〉の激突は、宇宙規模の戦闘へ！『星界の紋章』の続篇開幕。

星界の戦旗Ⅱ—守るべきもの—
人類統合体を制圧せよ！　ラフィールはジントとともに、惑星ロブナスⅡに向かったが。

ハヤカワ文庫

神林長平作品

敵は海賊・海賊版

海賊課刑事ラテルとアプロが伝説の宇宙海賊匋冥に挑む！　傑作スペースオペラ第一作。

敵は海賊・猫たちの饗宴

海賊課をクビになったラテルらは、再就職先で仮想現実を現実化する装置に巻き込まれる

敵は海賊・海賊たちの憂鬱

ある政治家の護衛を担当したラテルらであったが、その背後には人知を超えた存在が……

敵は海賊・不敵な休暇

チーフ代理にされたラテルらをしりめに、人間の意識をあやつる特殊捜査官が匋冥に迫る

敵は海賊・海賊課の一日

アプロの六六六回目の誕生日に、不可思議な出来事が次々と……彼は時間を操作できる!?

ハヤカワ文庫

梶尾真治傑作短篇集

地球はプレイン・ヨーグルト

味覚を通して話し合う異星人とのコンタクトは？——短篇の名手カジシンの第一作品集。

チョコレート・パフェ浄土

うまい！　チョコパフェの味にとりつかれた男の悲喜劇を描いた表題作他全十篇を収録。

恐竜ラウレンティスの幻視

一億二千万年前、知性珠によって自分たちの種族の未来を見た恐竜は？——全八篇収録。

泣き婆《ばば》伝説

選挙戦中に泣き婆に出会った候補者は、どんなに有力でも落選するという——全八篇収録

ちほう・の・じだい

なにが起こっているのか？　人々がどんどんと正気を失いつつある——全十一篇を収録。

ハヤカワ文庫

大原まり子作品

銀河ネットワークで歌を歌ったクジラ

宇宙サーカス団、今回の最大の呼びものは言葉を喋る宇宙クジラだった——全六篇収録。

ハイブリッド・チャイルド

軍を脱走し変形をくりかえしながら逃亡する宇宙戦闘用生体機械を描く幻想的ハードSF

吸血鬼エフェメラ

22世紀初頭、ひそやかに生き続けてきた吸血鬼への一大殺戮に対する彼らの最終手段は？

タイム・リーパー

時間跳躍能力を持つ銀行員をめぐって、時空を超える凄絶な戦いが繰り広げられてゆく！

戦争を演じた神々たち［全］

日本SF大賞受賞作とその続篇を再編成して贈る、今世紀、最も美しい創造と破壊の神話

ハヤカワ文庫

著者略歴　早稲田大学文学部卒
作家　著書『さらしなにっき』
『あなたとワルツを踊りたい』
『パロの苦悶』『地上最大の魔道
師』（以上早川書房刊）他多数

HM = Hayakawa Mystery
SF = Science Fiction
JA = Japanese Author
NV = Novel
NF = Nonfiction
FT = Fantasy

グイン・サーガ㉔

試《し》練《れん》のルノリア

〈JA644〉

二〇〇〇年八月十日　印刷
二〇〇〇年八月十五日　発行
（定価はカバーに表示してあります）

著者　栗《くり》本《もと》　薫《かおる》
発行者　早川　浩
印刷者　大柴正明
発行所　株式会社 早川書房
郵便番号　一〇一 - 〇〇四六
東京都千代田区神田多町二ノ二
電話　〇三-三二五二-三一一一（大代表）
振替　〇〇一六〇-三-四七七九九
http://www.hayakawa-online.co.jp

乱丁・落丁本は小社制作部宛お送り下さい。
送料小社負担にてお取りかえいたします。

印刷・株式会社亨有堂印刷所　製本・大口製本印刷株式会社

© 2000 Kaoru Kurimoto　Printed and bound in Japan

ISBN4-15-030644-3 C0193